明日なき身

okada boku
岡田睦

講談社文芸文庫

目次

明日なき身

ムスカリ

1

ハエがいる。ハエと棲んでいる。天井が高く、吹き抜けのようになっている。去年、三年目に、起きてから寝るまで、下で横になっていないのに気がついた。〝セイホ〟──生命保険ではなく、生活保護もそう称《よ》ばれている。そこから支給される部屋代の枠内で、当町に移住した。妻の代理人の土建屋に恫喝され、離別して一戸建て団地の家を立ち退いた。

ここへ来て、足かけ四年目になる。旧くて木造の二階建てのアパートだ。上・下両方とも三部屋。六部屋、皆、〝エアコン〟が付いている。二階の真ん中の部屋を借りた。板敷だから、何畳だかわからない。ロフトという、中二階のような所で寝起きしている。

いまは二月の半ばで、暖房にしているが、ハエはそっちへ行かない。原稿を書いていると、まわりを飛んでいる。いつ、どこからはいったのか。ハエを〝マーフィー〟の使いだと思うようになった。〝マーフィー〟を次つぎと降りかかる不運不幸だと思っている。

自身、気になっていることがある。ハエは死臭を嗅ぎつけるというが、そのせいで身辺を飛びまわっているのか。それに、行く先々で待っているように思えてならない。洋式の水洗便所にはいると、寒いからドアを閉めずに、敷居のような所に電気ストーヴを置く。あいつは大・小便を好むそうだが、それで便所にもはいって来るとは思えない。不運不幸だけを運んで来る〝マーフィー〟を味方だとは考えられない。敵だ。ひとりでに、あいつを敵の使者だと見なすようになった。

毎月、五日が〝セイホ〟の支給日。二、三日前になると、きまって金がなくなる。コインだけになり、セブン－イレブンのむすび、最低一個百円のを、一日ひとつ喰うことになる。それも買えなくなって、何も喰わずひたすら五日を待つときもある。原稿は遅々として捗るが、その間原稿料がはいるわけではない。

〝セイホ〟が近づくと、あれを買いたい、これを喰いたいと夢想する。

支給先はここでも〝農協〟の信用金庫で、通帳に記帳してもらうと、どうしても返金しなければならない金子《きんす》を別にする。

二月五日もそうだった。アパートの部屋代、四万円。前にいた町から支給されていたが、家賃は支給されない。そこの婦人民生委員が、アパートになって部屋代に加える共益費三千円を、ケースワーカーに支給するよう、かなり強引に談判したと聞いている。民生委員から聞いたのではない。担当の女ケースワーカーがこぼした。三千円ふんだくられたという口ぶりだった。

〝農協〟の信用金庫に支給される〝セイホ〟の金はけっこう早い。開店と同時にはいって、記帳してもらうと、全額打たれている。そこから、使える金だけおろす。それをズボンのポケットに無造作に入れる。摺りおろしのニンニクを好きなだけ入れられるラーメン屋はまだだ。そこへ行く〝農協〟の近くの路地で、ふ、と足が止まった。花屋。いつもは立ち止まったりしない。草花に趣味はない。どころか、興味もなんにもない。

どうしたんだろう。

訝しんだ。庭で花を育てたり、生け花を習っている人たちの気が知れないと思っていた。だがしかし、止まった足が動かない。小さくて、青い花が鉢から細い茎で首をかしげるように咲いていた。ほかにも、いくつもの様ざまな色の鉢植えのちっちゃいのが、店の外のコンクリートの上に並べられていた。

青い花だけに目をむけていた。

2

前の町にいたとき、詩人の大泉柿夫が総二階の当家に来て、

「おまえの詩集を出してやる」

焼酎を飲みながらいった。同様、焼酎の水割りを口へ流し込んで、

「出すって、なんだ」

大泉は詩を書かない詩人として、かえって名を知られるようになった。中学、高校時代からのつき合いで、

「ん。おまえの詩集を出したいという男がいるんだわい」

「誰だ」

「そうだな、中小の、いや零細企業の出版社を一人で経営している奴だ」

詩に至る病はとっくの昔にやみ、小説を書いて喰っている。

「大体だな」

酒癖が悪いから、酒やめた。飲む度に妻にからんだのも、彼女が離婚を口にした理由の

ひとつだ。

酒やめて、もう何年たつか忘れたが、大泉の茫洋とした顔を見ると、なぜか安心して、焼酎に手を出す。

「おれの詩は抒情詩で、いまの現代詩にはむかねえだろうが」

「そんなこと、知ってる。それを、その男が読んで、出したいといい出したんだわい」

「そうか……」

「詩に曲をつけ歌うとなると、抒情詩が圧倒的に多い。現代詩は殆ど歌にならない」

心中、満更でもなかった。

3

最初の頃、たかが一匹と、ハエのことなどかまわなかった。

それが、ハエにも五分の魂というか、図に乗って狎れなれしく躰に止まるようになった。追わないものだから、書いている手の甲に止まったので、反射的に振り払った。す、と飛んで失せる。と、また来て、顔の前を往ったり来たりする。腹が立った。ボールペンを持ったままの手で、やっつけようとした。す、と軽がる失せる。

ほんとに死ぬんだろうか――ほんとにガンなのだろうか。

去年、前立腺肥大になり、青梅の市立総合病院に行った。それまで、精神科にかかっていた。ここは経営が上手なのか、評判がいいのか、殆ど電気で処理する新棟を建てた。看護師たちも、やさしくて、親切だ。

泌尿器科の担当医は、クスリを出すのをやめない。一回に、三十日分のカプセルと錠剤を出す。いつになったらやめるんだろう。

ある日、年嵩の担当医が、採尿したコップを透かすようにして見ながら、

「おお、きれいになった」

思いきって、

「もう、クスリいいんじゃないんですか」

担当医、ぎょろりと目をむけ、

「また、痛くなるよ」

この日も、クスリ三十日分。たしかに、前立腺肥大とわかったとき、小便が出ず、どんどん溜まって、局部が激痛で耐えられなくなった。夜分、たまりかねて、一一九番した。

救急病院のＩＣＵに運ばれると、当直らしい若い女性看護師が細長いカテーテルを持って来た。下半身、剝き出しにされている。彼女は平然と、カテーテルを尿道に挿し込ん

だ。

「イタイ、イタイ……」

悲鳴に似た声をあげても、冷静な面持を変えない。

「イタ……」

ふ、と痛みが消え、尿が気持よく抜かれてゆく。前後の見境なく晒け出した醜態が恥ずかしくなった。

このことがあって、泌尿器科に通うようになったのだが、今年にはいって、先月、一回、採血された。

「この検査で、もっと確かなことがわかりますから」

女性看護師がなんだか、赤児をあやすような口調でいった。こんどは年配のやはり女性看護師に、帰ろうとすると、声をかけられた。二月の十七日に来てくれという。午前中、食事をするな、検査日の二、三時間前から排尿するな等々いわれたが、よく覚えていない。頭では別のことを考えていた。

おかしい。ほかの泌尿器科のクランケたちに、そんなことといっていない。

TVは去年毀れて、修理代なんてないから見なくなった。当初、その時間に何をすればいいのか迷った。するうち、あの時間にはあれ、この時間にはこれをと、見るのをきめていたことから解放された。その自由な時間を、そのまま原稿を書くのにあてはめたりしない。まずは、いく晩かを費して、下で横になれるスペースをつくった。だが、仰むけだけで、寝返りはうてない。それでも大満足だった。新聞はとっていないで、買う。そうすると日替りの新聞になって面白いのだが、半分は広告だ。貴重な金銭を使って広告買うのはもったいないと思ってこれもやめた。

大泉が詩集を出す話をしたのは、ここに転居する前だった。前まえから、彼が表札を取りつけることになっていて、表札の板、とんかち、アイスピックのような物も持って来た。まだ明るいうちで、石柱に表札を埋める作業にとりかかった。見ていて、

「なんの板だい」

「蒲鉾……おれのポン友の芸大の教授が鉋で削ってくれたんだわい」

夕方から焼酎になって、

「詩集の装丁はおれがやるんだが」

詩人のくせに、装丁もなかなかの物をこなす不思議な才能の持主だ。最近見たのでは、秋山清の詩集の装丁が気に入った。〝中味〟の本の装丁もいいが、函にはたまげた。段ボールの紙を使用している。そこに、これも段ボール色で、「秋山清詩集」とだけ。読者を突き放すような荒あらしい装丁だが、すき、としている。

酔っていい顔になった大泉が、

「おまえさん、何色が好きだい」

「青」

即答した。

「それに、グレイ。グレイだけではなく、それに青が似合っているのが好きだ」

そんな好みがあって、青くてちっこい花。花屋の店先の、なんというのか知らないが、鉢植の青い花を凝視《みつ》めたまま立ち尽くしていた。

内心では、がっくりしていたところだった。阪神・淡路の大震災で、ライフラインという言葉を初めて知ったが、それらの料金、各社に電話して、〝セイホ〟の日まで延ばしてもらっていた。また、このアパートの狭いユニットバスの電灯が切れ、それを取り替え、このカヴァーではすぐ切れるとカヴァーも替えてくれた電気屋の手間賃など、みるみるうちに〝セイホ〟の金が飛んでゆくのがわかっていた。残りの金子で、あと一ヵ月——心が寒ざむとしたものになっていた。それなのに、この花が買いたくなった。ひとつぐらい、楽しみがあったっていいじゃないか。自動ドアであいた店内にはいった。

4

誰もいない。

「こんにちは」

こうした言葉を口にするようになったのも、独り身になってからだ。こんにちは。暑いですねえ、寒いですねえ。長年、人にいえなかった。いつからとなく身についた。

「はあい……」

奥から、女の人が出て来た。

「あの青い花、いくらですか」

「何」

「どれ」

「あれ」

「ああ、あれね」

まだTVがあった頃、こういう口のきき方を〝タメ口〟といっていた。人気タレントが隠語を平気で口にする。ほかにもわからない隠語が沢山あって、TV大好きのこの邦の人たち、すぐこうした隠語を使う。

この町の駅前の大きなセブン－イレブンで、まだ成人式前のような女子店員に、

「タメ口って何」

「ああ……友だち同士みたいに口をきくことじゃないんですか」

花屋の娘さん（だと思うが）、〝タメ口〟で客と話を交わす。なんだか、ざっかけない感じだ。

「表のはそんなに値が張らないわよ」

そういわれても、オアシがないからこだわる。

「安いっていっても……いくらぐらい」

「そうね、二、三百円だわね」

それなら、買えないこともない。

「あの青い花は」

指差したのに目をやって、

「ああ、あれ、三百円しないわよ」

外へ出た。彼女（娘さんなら、すこし老けた顔だ）もついて来た。ふつうの花びらとちがって、房のようになっている花だ。￥２８０という札が鉢の中に挿さっている。

「これの世話、手がかかりますか」

「ううン。一日置きに水を遣るだけでいいの。下にトレイを敷いて」

素早く、ほかの鉢植えの花の値段と見くらべ、

「それだけ」

「そうね、晴れた日なら、陽の当たる所へ出してやって。これからもっと咲くわよ、散っても捨てないで、毎年咲くから」

多年草というのか。何も知らないが、奮発することにした。中の一と鉢を手にして、

「じゃ、これもらおうかな」

「まだひとつも咲いてないけど、いいの」

「ああ、そのほうが楽しみだから。なんという花」

「ムスカリ」

「え……」

「ムスカリ。外国の花よ」

消費税別だと思っていたら、二八〇円ポッキリ。コインで払えた。

〝セイホ〟の日はまた、タバコをすこしまとめて買う。この路地を抜けて、すぐ左手に行きつけのタバコ屋がある。

娘さん（ときめた）がビニールの袋にムスカリの鉢を入れて、手で吊して持てるように

してくれた。別のムスカリに目をやると、咲いているがただの花びらではない。

「これ、花なの」

「そうよ」

一と鉢取り上げて、

「ほら、花でしょ」

よく見ると、差し渡し五ミリもない花びらがびっしりと円錐形にかたまっている。一輪の花が欲しかったが、これ以上金を出せない。

タバコ屋に足を運びながら、そんな物買ってどうするんだ。いいだろ、おれの楽しみだ。おまえらしくないぞ。こんなの、楽しみにしてなかったじゃないか。うるさい、いちばん安いんだ。〝セイホ〟の中で、これくらいは自由に使いたい。頭の内で、独り暮らしの老人がいい争っていた。

「せめて……」

思わず口に出したが、あとが続かなかった。

5

タバコを買って、ニンニクこってりのラーメン喰《くら》い、部屋に帰ると、一、金二八〇円也のムスカリどこに置こうか、ちょっと考えた。出窓があるが、夕方になるとレースのカーテンをしめるので、見えなくなる。それに、冬場だから、花も寒いだろうと思った。

梱包の山の端に置いてみた。

運送業の引っ越し屋に時間制限があるのを知らなかった。それに、荷を積んだトラックに同乗してはいけないとも業者にいわれた。

電車を乗り継いで、この町の駅から五分ほど歩くと、おんぼろアパートがある。下見をしておいたので、駅からの道順はわかっている。そこへ着いたとき、若者二、三人、荷台に乗ったトラックがちょうど到着した。先にはいったら、若者たちを仕切っている初老の男が上がって来て、

「本棚どこに置きますか」

いちばん大きい物から訊く。

「そうだなあ」

奥行二間はある。流し台を背にして、

「じゃあ、右側に」

若者たちが二階に、本棚を軽がると運んで来る。本棚はたいがい本がなく、いや、本を別にしてあるのではなくて売っ払い、そこに生活用品を入れる。ロフトに敷く蒲団、古書店主も買わなかった一対の文庫本の本棚、数かずの資料の新聞……いちいち訊かれて、考え考えきめる。ところが、ある時刻から十個以上ある梱包を部屋の中央に置き出した。あとで、皆あけてあちこちに置こうと思った。

「じゃ、これで」

仕切った男はそういい、若者たちとトラックで引き上げてしまった。しばらく、呆んやりしていた。非力で慢性腰痛でもあり、梱包ひとつ動かせず、中に何がはいっているかも記しておかなかった。梱包のぐるりに細い通路ができたことになる。

ムスカリをまた手に取って見ると、鉢の裾のまわりに、何やら説明書らしき物が捲かれてあった。そんな物に関心がない。その細かい字の上に、大きくオランダと書かれてあった。

ああ、オランダか。どこの国でもいい。オランダとわかっても、感心したりしない。鉢の土から、カブのような白い球根が四株、どれも半分ほどむく、と出ている。再び梱包の端に置き、仕事机を兼ねている電気炬燵をはさんで一枚しかない座蒲団にあぐらをかいて、見上げるような恰好でムスカリをつくづくと眺めた。近眼のせいもあるのか、どれが葉だか茎だかわからず、両方ともニラのように見えた。よく見ようと身を乗り出したら、あいつが来た。が、ムスカリのほうへ行かない。うしろへまわって、手の届かない肩や背のあたりを飛んでいるようだ。ムスカリに寄りつかないのは、ハエの好みではないということではなく、何かムスカリ自体とそれを買った男を護ってくれる大いなるものがある気がした。

ひとつ、咲いたのは、検査日の前々日だ。なんだか、ハエが神妙になったように思える。一日おきに水を遣り、晴れた日には出窓に出した。

ひとつ咲いたあくる日、ふたつ咲き、都合みっつになった。ガンかどうか心配する気分がうすらいできた。ドナー・カード持っている。死んだあとのことを考えておいた。葬式は行かないし、出さない。何もする必要がないようにした。

ワレシナバヤクナウズムナノニステテ

ヤセタルイヌノハラヲコヤセヨ

見事な辞世の歌だと思うが、やはりこだわっている。

検査の当日、便座に腰をおろすと、またあいつが来た。しかし、ムスカリをバスタブの縁に置いたり、そんなことはしなかった。

外出着に着替えているあいだも、ハエは身のまわりを忙し気に飛んでまわった。ほんとは、ハエ叩きを手に入れたかったが、いまはどこで売っているか見当もつかず、そんな物を売っていないのかもしれない。

ドアをあけると、ハエを無視して、ムスカリにいった。

ハナニアラシノタトヘモアルゾ

一人で居て、何かいうと一人言になる。一人言は厭なので、ぶつぶつ呟かないことにしている。それが、思わずそういった。

部屋をあとにした。

ぼくの日常

ぼくの日常（その一）

一日おきにブラウンという、ドイツ製の電気シェーヴァーで髭を剃る。毛が細くて、やわらかいせいか、毎朝でなくてもすむ。一日おきでも億劫なのだが、不精髭を生やす気はない。剃っている途中から老眼鏡をかけると、手鏡に映る剃り残しがよく見える。

剃る日は七時起きにしているが、八時起きの日も目ざまし時計で起きる。眠り薬を嚥んでいるからだが、一人暮らしになって、朝起きる生活に戻った。そうしないと、買物、中でも喰う物が買えない。

どっちにしても、起きて顔も洗わず、歯も磨かない。出かけて、ふと目もとに指先をやると、目脂が付くこともないではないが、意に介さない。

十二時頃就寝して、七時起きの朝、まだ目がしぶいと、カーフェソフト錠（エーザイ・

一と箱二十錠・¥五〇〇）を二錠嚥む。コーヒーのエキスか何かがはいっていて、たちまち頭がハッキリしてくる。箱の裏に、成人は一回、一～二錠。一日、五錠まで、と記されている。

しかし、白くてうす甘いこの錠剤は——いけない。ここで、ちょっとお断り。ぼくの話は、あらかたあれやこれやに絡まっていて、取り散らかることしょっちゅうだ。

電話でもそうだ。旧友、シナリオ・ライターの田波（靖男）と話していると、のんびり屋のこの六十男も、

「で、一体、何がいいたいの」

「ちがう。これは伏線だ」

「シナリオなら、みんなカットされるよ」

そこまでいわれて、ようやく枝葉を省略し、伝えたいことをいう。知友たちへの手紙だと、切手代がもったいないから、遺伝子の構造にも似た〝伏線〟を「この事《こと》、いずれ」で端折り、本線のみを記す。

この話も、そうする。

起きてからの不精とちがって、毎朝やっていることがある。起きると、モーラステープという、絆創膏か湿布のような物を二枚、腰に貼る。それから、〝農協〟の梅干一個、ち

ょっとずつ口にしては氷水飲み、タバコを一と息ふかす。これは、冬場でも変らない。梅干ひとつで、マイルドセブン三本灰にすると、便意を催してくる。

人間、多くは一日に一度や二度は大便を排泄するだろう。あとは小便だけだ。ぼくの家は一戸建ての団地にあり、中古だが、二階にも洋式の水洗便所がある。しかし、下でしか小便しない。それを、寝るまで流さない。これも、〝カツドウ屋〟の田波に何かで電話したついでにいったら、

「汚いな」

「水資源の節約にもなると思うんだけれど」

「ま、一人なら気にならないか」

ぼくが鰥夫《やもめ》暮らしなのを知っている。母校の後輩だが、ある意味で〝同期生〟だ。

排便をすませると、朝食だが、ぼくの場合、一日四食ともいえる。〝朝めし〟は簡単だ。カゴメの野菜の缶ジュース一と缶に、雪印のプロセスチーズ、三角のを一個だけ。二回目がメイン・ディッシュ、といえるかどうか。仮にそうだとしても、なんでもいいというわけにはゆかない。好き嫌いではなく、まず懐との相談だ。もうひとつある。

胸やけ、という言葉がわからないと、説明するのが荷だ。三代目の妻は失せるまで、わからずじまいだった。これは「この「、いずれ」にする。胃酸過多ならわかるだろうか。

ここのところ、何を喰っても喰わなくても、これにやられる。ぼくの足で十分ぐらいで、もうあきる野市だが、内科もある中田堂に通院していた。もともと胃弱で、胃のクスリを出してもらっていたが、もう胃酸過多《むねやけ》がおさまらなくなっていた。CTスキャンで診てもらったら、マグテクトという食前のクスリが加わった。中田先生の所見では、胃潰瘍の〝一歩手前〟だという。原因はストレスだが、そのまた原因は仕事とのこと。文芸誌に載った作品をときたま進呈するので、中田先生、書くなとはいえない。書かなければ喰えないのを知っておられる。

メイン・ディッシュは外食、といえば聞こえはいいだろうが、ガスを引いていないこともあって、自炊しない。地元にあるたった一店のスーパーマーケット、「オザム」の助六寿司なる物を喰っている。小ぶりのいなり寿司二個と太めの海苔巻の輪切り二個で、¥二四〇。太巻の具は、よくこれほどちっちゃくできるなァ、といっそ感心したくなる物ばかりだ。乾瓢と出し巻とカニの〝屑〟。カニはコピー食品で、逆説的だがコレステロールがない。食後の胃のクスリのひとつ、OM散は厭な味が残るので、もうひとつの錠剤、タガメットといっしょに農協低脂肪乳で嚥む。ぼくの知っている限りでは、五〇〇㎖で、¥九八といちばん安い。すこしオアシに余裕があれば、畑の中の食堂のカレーライス（¥三六七）。福神漬が付いている。

それが、今年になってぼくの〝御馳走〟が変った。

妻が失せて、一年の余は立ちなおれなかった。遅まきながら、良妻はもらうものではないという〝戦訓〟を体得した。——共白髪、偕老同穴なら目出たいが。何もかもやる気がなくなり、一度自殺を図った。一命をとりとめると、精神保健福祉法三二条の適用を受けることになり、ケースワーカーが二週間に一度ぐらい来るようになった。雑談しながら、ぼくの様子を見ているようだ。

ぼくは眠り薬を嚥んでもすぐに寝床にはいらず、醬油味が濃くて分厚い固焼きせんべいを二、三枚齧るようになった。これが、一日四食のうちの一食になるのは、せんべいに加えて、餡ドーナツ、さらには、インスタント・ラーメンを啜る為体《ていたらく》。それでもなんだか物足りず、二杯ずるずる喰う夜が続いた。ウツに関係あるのかどうかは知らない。当たり前だが、下腹が出た。

ここで、「この〓」、「いずれ」をまとめて開陳しよう。

「梅干の〓」。ぼくのたったひとつの贅沢。それは、梅干だと思う。

くり返すようだが、ぼくの団地は町の端っこで、〝農協〟もあきる野市のほうが近い。といっても、十五分の余はかかるが、それこそ味をしめると、そんなことは苦にならない。一と袋何個か、数えてみたことはないけれど、￥六〇〇。壁に五日市農畜産物直売所加入生産者名簿が貼ってある。その上に番号が振ってあるから、誰それさんの手作りだとすぐわかる。天然塩の三年漬けが〝売り〟で、もう何年も通っているので、西川秀五郎翁の梅干ときまってしまった。粗末な事務用の立ち机が会計所で、そこの婆さまに訊くと、このご老体今年で八十三歳だという。毎朝食するに、種までしゃぶると、甘味さえあって、あ、これが滋味なんだと得心がゆく。スーパーマーケットなどにもけっこう高いのが置いてあり、一、二度食してみたが、無駄金を使っているとしか思えなかった。

「田波靖男の「」」。昭和三十年代前半、東宝が自腹を切って、監督、シナリオ・ライター、俳優を養成していた。学生が対象なのは納得がゆくが、なぜか東大と早稲田、慶応に限られていた。ぼくは映画の仕事がしたくて、最初、日大芸術学部の映画科にはいったくらいで、この東宝の呼びかけに応じた。そこの総合芸術研究所に、映画のシノプシス一本書いて出したら、パスした。ここで、田波と知り合った。学年は下だったが、〝同期生〟ということになる。

「三代目の妻が失せた「」」。二回いなくなっているから、一回目は戻って来た。親きょうだいにも住所をいわなかったといった。両親とも教育者で、自立したら、自分の言動に責任をもてといわれている。親きょうだいに、家出するという手紙は書いただろうが、住所を書かず、また誰も探そうとしたりしなかった。ぼくにもわかるはずはないわけで、失せたといっている。

「御馳走が変った「」。あきる野市の、また日の出町寄りに「いなげや」が出店したが、ここには、月に何回かバーゲンの日があって、マグロのトロとネギを細かく刻んだ具の海苔巻を切らずに、一本百円。この〝ネギトロ〟と称する物を、二本喰う。カレーライスより安くて旨い。

ぼくの日常（その二）

七時起きでも八時起きでも、とても朝めしとはいえない物を腹に入れるきりなので、空腹感を覚えるのが人より早いと思う。

「オザム」、「いなげや」共に十時開店だ。まだなのはわかっていても、空腹感に背中を押されるようにして、家を出てしまう。ゆっくり歩こうとしたって、なかなかそうはゆかない。

ここのところ、細巻納豆で「いなげや」に赴いているが、「オザム」の助六寿司しかないとき、十分以上前に行ってしまった日がある。ここも店の表は大きなガラス張りになっていて、店内がよく見える。あれ。足が止まった。若い男の店員が、野菜売場の奥のほうのキャベツを前へ出している。そうして、ダンボール箱から取り上げた新しいキャベツを奥へ入れている。そうか。開店した。この日は豆乳も買うので、手前のと奥に手を突っ込んで取った豆乳の日付をくらべた。奥のほうが日付が一週間も先だった。「いなげや」も同じで、以来、豆乳ばかりでなく、口にする食品の一部は前と奥の日付を見くらべるようになった。〝農協〟の牛乳にも似たようなことがある。「この「、いずれ」。ぼくは喰い意地が張っているのかもしれない。常々そう思っている。父親に似たのだろうか。

夕餉のとき、勤めから帰って来た父は、風呂などあとまわしにして、部屋着に着替えると、母、兄、ぼくの三人が囲んでいる食卓にあぐらをかいて向い、いただきますもいわずに無言で、まず口いっぱいにめしを入れる。当然胸に閊《つか》えて、う、と呼吸できなくなる。ぼくもそのでんで、胸が痛くなるから叩く。父は叩かないで、めしがのどを通るまで、惣菜を何から喰うか物色している。初めの嵩をすこしへらして口へ入れたらどうかと思う。それができないのは、ぼくも同断だから、わかる気がする。父は毎夕だが、ぼくはS&Bの「麦ごはん」(¥一〇五)を買った日に、これを電子レンジで〝チン〟して喰ってそういう目に遭う。といっても、あったかくなった麦めしを喰うわけではない。TVのCMからヒントを得た。商品名は忘れたが、茶漬けの具をどんぶりのめしの上に載せ、それを若者が茶を注いでかっこむ。その画面を目にして、栄養もあまりないだろうし、ろくに噛まずに流し込むのはよくないなァと思ったが、他人事ではなくなった。ネコ舌だから、熱い茶漬けは苦手だ。第一、ガスを引いていないから、湯を沸かせない。「この」、いずれ」。茶もない。ふりかけの具も安上りが眼目だ。〝スーパー〟でも、コンヴィニエンス・ストアでも、この類の具がなぜか増えたが、ぼくの定番は二た品で、ひとつは菜めし（三島食品・¥一二九）。本来、これは乾燥菜っぱで、めしにまぜる具だが、ふりかけに用いる。もう一と品は擂り胡麻。白でも黒でもかまわないし、安ければ安いほどいい。両方とも、一回に全部は使わない。まず、どんぶりに製氷皿の氷を五、六個底に置き、そこへ〝チン〟した熱あつの麦めしを載せ、箸で氷が溶けるように掻きまわし、菜めしと擂り胡麻ふりかけて、水をひたひたほどさす。水漬けだ。具を上・下、前後左右に混ぜて喰う。すぐに胸に閊え、叩いても閊えが解消せず、しゃっくりが止まらない。父よりぼくのほうが喰い意地が張っているようだ。

「いなげや」が出店して間もなく、開店と同時に細巻納豆のコーナーに行ったら、まだ出していなくて、その代りのように〝五目いなり〟というのが置かれてあった。厨房の都合だろうか。二個、¥二〇〇。細巻納豆より安価だ。それからは、五目いなりがあれば、〝ムギ茶〟とかわりばんこに喰うことにしている。五目というが、千切りみたいなニンジンを短く切った物、ヒジキすこし、えらく薄くスライスしたレンコン、それとちょっぴりの小さいささがきゴボウ。めしは酢めしだが、オープンサンドのように油揚げを閉じていない。そのコーナーの店員に訊いてみたら、

「具が見えるようにしてあるんです」

総称はないらしい。それでも、この〝オイナリサン〟、いくら〝五目〟だって一個百円は高い。

文科ではツブシがきかないのは承知していたので、中学、高校の英語の教員の資格を取得することにして、専攻以外の必要な単位をとる授業にも出た。卒業する年が〝ナベ底景気〟といわれていたから、すこしでも有利になろうと、国語の教員の単位もとった。〝教生〟――教育実習生はどちらかひとつでいいといわれ、男子の三田高校の三年生の英語の〝教生〟になった。そのクラスに、西脇順三郎先生の令息がいるのを知ってぞっとしたが、これも「この「、いずれ」。

東宝の入社試験はぼくも受けたが、田波とちがって、合格しなかった。〝教生〟の関係で、各教授の推薦状を貰って、人並みより数かずの入社試験を受けたが、悉く不合格。筆記試験はパスするのに、面接で落される。面接係りの重役たちから、実務にむかない若者と見なされたのだろうか。ただひとつ、受かったのはＮＨＫ（ＪＯＡＫ）のアナウンサー

だった。現在は知らないが、ぼくらのときには実技が先だった。

肝心の教員はどうしたかというと、都立の中学校の試験を受けた。いや、受けようとした。が、「この「、いずれ」。これが増えてきた。

とどのつまり、ぼくは都内の木造の安アパートを借りて、家庭教師になった。ぼくたちの同人雑誌、「作品・批評」のメムバーの一人が私立の商業高校の教師で、三田の大学院生だった。彼の紹介で、そこの生徒たちの英語を教えることになった。

で、小説書いて喰ってゆくことなど、てんから考えていなかった。この同人誌には書いたけれど、習作ともいえない代物だった。

ここで、「この「、いずれ」をまとめる。

「牛乳の「」。牛乳は殆ど「いなげや」で買っている。週のうち、二日か三日ぐらい二十円引のがある。また、半額の日もあり、むろん、それを買う。牛乳のほか、生物《なまもの》のレシートは一日とっておく。中《あた》ったときの参考になる。

ある日、半額のを持って帰って、何気なく半額のシールを取ったら、二十円引のシールが貼ってあった。こういうことだろう。定価の売れ残りが、あくる日は二十円引になる。それでも残ると、翌々日に半額になる。

「五目いなり一個百円は高いという「」。このほか、「セブン－イレブン」のにぎりめしの最低が百円。二、三種類しかない。餡パン百円。どこかの〝コンビニ〟のおでんのはんぺん、数え方を知らないが、一個百円。世界の首都で、二年連続して物価高のトップは東京だと仄聞する。ぼくにとっては住みにくい都だ。

去年の暮れ、「オザム」で、買物をまとめる長いカウンターで助六寿司を喰っていたら、男の店員が来て、店内で立ち喰いしないでくれといわれた。それからまもなく、白い物がちらつく日、〝コンビニ〟で¥一〇〇の餡パンを口にしていると、顔見知りの若い店長が外で喰ってくれという。店外は立っていると寒いので、歩きながら喰った。「いなげや」は黙認していてくれるのだろう。

「ガスを引いていない「」。ここの団地は、一戸毎にガスボンベが付いていない。突当りの岩山だか丘陵にガス室（？）があり、メーターは戸別になっている。

おととしだったか、これも前に住んでいた人が残して行ったステンレス製の大きめなバスタブを沸かそうと、ガス釜に火を点けようとした。初め、小さいハンドルを二、三回廻して、口火を点火する。それが点いたかどうか、小さい窓のような所から視認できるようになっている。口火の青い炎が点いたので、ガスの栓を開いたら、バ、と何かが爆発するような音を立て窓が真っ赤になった。たまげて、元栓を締めた。それから、バスタブの風呂を沸かしていない。修理代、いくらかわからないが、そんな金はない。それに、自炊しないので、ガス焜炉を使わない。

　去年、団地のメイン・ストリートのプラタナスの枝おろしをしている頃、ガス会社から電話があり、

「ガスをお使いになっていらっしゃいませんね」

　女の人の声だった。

「ええ、はい。基本料金がもったいないんだけれど」

「おやめになりますか」

「やめます」

　自炊しないのはいいが、寒中、風呂にはいれない。

「英語の〝教生〟の「」。西脇順三郎先生の令息は、意地の悪い質問などしなかった。リーダーでは、手心を加えずに指名すると、日本語訳も過不足なかった。

　ぼくは進学しても、恥ずかしながら詩を書いていた。中学、高校からの手本は白秋、藤村、光太郎で、のち中也を読み、そのエピゴーネンになった。「三田詩人」というサークルにはいったら、顧問が西脇先生で、〝教生〟の前に先生を存じ上げていたことになる。サークルの会員で顔見知りなのは江森（國友）だけだった。中に富山から来た水橋晋という目つきの鋭い男がいた。合評会のときには、西脇先生も出席される。ぼくが臆面もな

く、中也の亜流の自作の詩を朗読すると、水橋が、

「そこは、ああ、じゃなく、あ、だな」

そうか。ぼくのは抒情詩だった。戦後は現代詩なのに、もう書けなかった。いまからどのくらい前か、江森が毎日新聞のエッセイで、ぼくが水橋の詩才に圧倒されて、詩の筆を折ったと書いてくれている。交流が再開される。水橋も詩だけでは喰えないので、彼は〝学研〟にはいった。辞めてから、おととしか先おとといか、もう忘れたが、現代詩人賞を受賞した。ぼくにもその詩集を送ってくれたが、テーマに内心唸った。共棲への挽歌。開発と〝エコ〟が産業化される今日、詩人の嗅覚は予言している——もう、手遅れだよ。

「アナウンサー、実技合格の「」。ぼくは武州多摩の生まれで、友だち（男女別学）とはべえべえ言葉で話し、遊んでいた。

〽カントウニベエベエコトバガナカッタラ
ナベヤツルベハドウスルダンベエ
という囃し唄があったくらいだ。

中学（旧制）は中央線沿線の私立の男子校だった。ぼくたち田舎者《カッペイ》と東京組が半々ぐらいだったか。東京の連中は〝東京語〟のほうが優れていると思って、ぼくらが武州弁で話すと揶揄して嘲笑った。〝のてっ子〟が多かったと思う——下町もいて、火鉢をシバチと

いっても、笑われなかった。ぼくだけだったかどうか、反感をもたず、必死になって東京弁を真似た。

三田へ進学すると、真似事の標準語では通らないときがあった。中学、高校（新制）時代から、ぼくは八方美人で、いろんなグループの仲間になった。同人誌の手前の回覧誌の奴らともつき合えば、カントリー・ウェスタンやハワイアンバンドのメムバーにもなった。三田でもそうだったが、中でも三代続かなければ江戸っ児じゃないというグループを仕切っている男には、何をいっても嗤われた。ここでも注意深く真似しているうちに、いわゆる標準語を体得したのか。現在は、共通語という——地方への慮《おもんぱかり》がようやくゆきわたるようになったのだろうか。

いまでも覚えているが、NHKのアナウンサーの実技テストは、同音異義の漢字が横に並べられ、それが「カキ」だったのを忘れていない。火器、夏期、垣……と読んでゆく。狭く、小さい部屋での立ち読みを別室で審査員たちが聴いている。一度、姿の見えない声で注意された。

「もうすこし、大きく」

バンドのステーヂに立ったりしているから、ウワずったりはせず、ゆっくりと読んでいった。

合格の通知をもらって、考えた。アナウンサーは人が書いた原稿を読む仕事ではないか。一生、他人の原稿を読んで暮らすなぞつまらない。学科試験は受けなかった。実技のテストが二回、三回とあったかもしれないが、確認していない。

「都立中学の教員試験を受けなかった」。こんなに長い行列を見たことがない。時間前に行ったら、もう先頭が見えない行列になっていた。だめだ、こりゃ。並んではみたものの、半ば以上諦めていた。英、国の教員資格をとったくせに、教師になるのは厭だった。教え子が成長して、リッチで地位の高い大人になるのを想像すると、妬ましくなる。クラス会にでも招ばれて、彼らから「先生」、「先生」といわれる。みじめだと思った。すぐ前が女の子だった。どの女の子も可愛く見える年頃というのがある。彼女も可愛く思った。気軽に話しかけた。

「これだけいて、受かると思う」

彼女は笑いながら、

「思わない」

「やっぱり。じゃ、お茶でも飲まない」

これが、初代の妻になる美術教員志望の娘だった。

ぼくと〝マーフィー〟の関係

上林暁の「近来の名文」は、ファン・レターの話だ。一時期、上林を読み漁ったが、よくよく目を通すと、美文調の私小説なのがわかってくる。それで、ファン・レターが多いのだろうか。これは、そんじょそこらの作品よりは、名文といえるファン・レターがあったということを書いている。

ぼくなど、名文どころか、ファン・レター一通も来ない原稿しか書けないのが、貧乏まみれの所以になっている。

去年の葉桜、木の芽どき、古木雅也さんという見も知らぬ方からお手紙をもらった。ファン・レターではないけれど、簡潔なわかり易い文面で、ぼくの書いた物に由来する、これも名文のひとつといえた。

ぼくは就職したことがないようにいっているが、一度だけ仮の職に就き、〝ラッシュ〟に揉まれ、横浜の小学校の分校の代用教員になった。「この「、いずれ」。

面接した本校の校長が、玉川学園の通信教育を受け、夏休みにスクーリングに通い、小学校の正式な教諭の資格をとるようにいった。それが、小学校でも先生になるのは厭だったので、代用教員のままで辞めた。二学期の前、夏休みが始まるのと同時だった。

「啓上、突然の手紙で不審に思われるかもしれませんが、」

という古木さんの手紙には、この分校の出身者だと書かれてあった。

代用教員から家庭教師になり、三代目の妻といっしょになっても、生計を助けるのに様ざまな原稿を書いた。

そんなに以前ではない頃、分校のこともエッセイで書いたのだが、古木さんはそれを読んだとある。殆ど意識しないで書いたが、その分校の正確な所在地が、彼の記憶でもあやふやになってきたという。

読み終えて、分校の位置がすこぶる怪しくなった。ノース・ピアの反対側だったか、手前だったか、それさえはっきりしなくなってきた。どうでもいいことじゃないかと思われかねないが、卒業した小学校がちがった場所に書かれていたら、ぼくもこだわりを抱く。これまた「この「、いずれ」だ。

返事を出したくなる手紙というのがあって、ぼくも封書だが短簡を古木さんに送った。間遠、というか、なんだかたがいに怠けて書いているような返信を交しているうちに、一度会いましょうということになった。

夕方に落ち合う所を、国立駅南口の改札口、四時にした。前日、電話せずにいられなくなった。こういう気苦労もウツになる一因なのか。古木さんは携帯電話を持っているので、いつかけても、不在ということはないようだ。ちなみに、ぼくは〝ケータイ〟（嫌な表記だ）、HP、FAXなど何もなく、ダイアル式の黒い電話しかなかった。

前日に電話した。

「ごめんなさい、お忙しいところ。初めて会うんだから、何か目印みたいな物がいるかなと思って」

「ぼくも気になってたんですが、ついとりまぎれて。岡田さん、山本晋也知ってますか」

「あ、たまにTVで見かけますが、元ポルノ映画の監督だったとか。どこか、面白い顔ですね」

「ぼくは彼にそっくりだと、みんなからいつもいわれてます。チョビ髭は生やしてませんが」

「承知。雨天決行」

会ったとたん、黙っていられなくなった。

「ほんとに似ているなあ。これでサングラスをかけていたら、本人以上になりますね」

なんとなく歩き出した。古木さんの足取りはゆったりしている。家族全員で働いていると手紙でいっていたが、古木さんは急がない人らしいと思った。なんだか、安心感を覚えた。

「岡田さん、ここの飲み屋知ってますか」

行ったことのない所で待ち合わせたりすると、その街の旨い物屋、人気のある飲み屋、穴場などを紹介している冊子を、小まめに調べる人がいる。古木さんは行き当たりばったりのようだ。ぼくも、その街の〝探険〟の下調べなど、かったるくてできないようになっていた。

「これは、〝マーフィーの法則〟かな」

彼が呟いたのを、聞き逃さなかった。

「それ、なんですか」

「ぼくもちゃんと読んだわけじゃないけれど、ごく簡単にいえば、自分が予想もしなかったことが起きるということ、ですか。それが次つぎと起きたら、本人はたまったもんじゃないでしょうね」

それだけで、充分だった。〝マーフィーの法則〟は、ぼくが求めていることをいっているのではないか。

ぼくの半生は、〝マーフィーの法則〟そのものだといってもよかった。殊に期待しないことが毎日のように起り、もはや諦めと化していた。早い話、信号のある路を渡ろうとすると、赤になる。この赤になるのが、ずっと続く。もうひとつ、電車を待っていて来ないので、喫煙所でタバコに火を点けると、来る。かといって、電車が早く来るように一服しても、来ない。そんな浅知恵の魂胆は通用しない。

古木さんは国立に来れば、すぐに飲む所が見つかると思っていたのが、そうではないので〝マーフィーの法則〟を口にしたのだろう。

「ここにしますか」

どた靴の彼が先に立った。はいったことのないぼくも、全国的なチェーン店のこの飲み屋なら店名だけは知っていた。一歩踏み込むと、通俗が充満している。夫婦二人に子供二人のサラリーマンが帰りがけに、一と息つく所だろう。この時間、客はまばらで、ぼくたちはカウンターを避け、奥まったテーブルに席をとった。彼は生ビールに枝豆、ぼくはウーロン茶。

客がすくないので、注文した物がすぐに運ばれてきた。割り勘《ダッチカウント》と決めてある。

「出版界、ひどいですねェ」

古木さんの手紙で、彼の仕事の内容を心得ていた。彼は生を半分ぐらい呷ると、

「救いようがないですね」

ウーロン茶を啜りながら、

「ぼくは乞食と泥棒のほか、たいていのことはやった」

「殊に小説は大変でしょう」

「うーん、古木さんのほうとくらべてどうかな」

「原稿書いているあいだ、お金がはいらないでしょう。こっちは日銭がはいる仕事もやってるから」

「アンカー、ゴースト、新人賞の原稿の下読み、やっぱりどれもアゴが出る」

「聞いただけで、ひどいことがわかります」

「ゴーストは『山びこ学校』かな。それで有名になった小学校の先生の息子が板前になるという。その修業記ですが、原稿料は四分六、四分がぼくで、その半分を書く前にもらいました」

ジョッキ、二杯目を注文した。かなりイケる口らしい。

「しかし、いちばんひどかったのは、週刊誌の仕事だった」

「ははァ」

「全書物の内職をやってた家内が、過労で肝臓をやられた。なにしろ、共稼ぎで、彼女の収入のほうがぼくを上まわることもありました」

「でも、週刊誌だから、原稿料はよかったでしょう」

古木さんは聞き上手だ。ウーロン茶をちびちび飲みながら話し続けた。

が、騒がしくなってきた。週刊誌のことを聞いてもらいたかったので、「この「、いずれ」だ。二杯目を飲み終えると、立ち上った。

「河岸変えましょう」

あ、という間だった。彼はウーロン茶代まで払ってしまった。それを甘受する自分に、なぜダッチカウントだからといえないのかと苛立ったが、口から出たのは、

「すみません」

という言葉だった。帰りの電車賃だけは残しておこうと思ったきりだった。

「分校の「」。ここまで、分校、分校と書いてきたが、じつは分校ではない。れっきとした横浜市立小学校だ。戦後間もなく、米軍に接収され、海兵隊《マリン》の宿舎になった。追われた子供たちの親は、海が近いので漁師が多かった。京浜東北線の東神奈川駅が最寄りの駅で、海岸とは反対の小高い所にも小学校があり、最初、ぼくはそこの代用教員だった。東京でいえば山の手か。これが〝本校〟で、海側の小学校が〝分校〟と称ばれた。そっちの子供たちは〝本校〟に通いはじめたが、もともとの〝本校〟の先生たちは連中を〝浜っ子〟と呼び、中でも女の先生どもは柄が悪いと毛嫌いしていた。

このため、〝分校〟の全学年の児童を収容できる校舎がいきなり返還されることになった。日本側の関係者、誰もが当惑した。予想外だから、備品の予算もなかった。教育委員

会がなんとか机、椅子、黒板等一年生から三年生までと限ってやりくりしたが、校長には別の困惑があった。当面、一学年二クラスにしても、〝本校〟の六人の先生のうち、誰と誰が赴任するか。初め、志望者を募った。応募したのはぼく一人だった。で、「その〝、いずれ」の「この〝、いずれ」。

「この〝、いずれ」。

「分校の〝」の「分校泣き別れの〝」。まだ分校がなかったときも、宿直は男の先生だけが順番にやっていた。それが、特に所帯持がなんでだか厭がっていた。

「宿直、替りにやりましょうか」

そう、声をかけると、うれしそうに、

「ああ、お願いします」

皆、ぼくに頼んだものだ。

立川から通っていたが、中央線で東京駅へ出て（神田駅でもいい）、京浜東北線に乗る。もうひとつは八王子へまわり、横浜線で行くのだが、こっちのほうがすこし早い。どっちにしたって、一時間以上満員の電車に押し込まれて立ちどおしだ。宿直だと、それがない。和室の宿直室で寝て、目がさめれば学校だ。商店のように職住一体だし、三百なにがしの宿直費ももらえる。連日のようだと、相当な額になる。〝分校〟が出来れば、宿直の回数が増える。〝分校〟は看護室のベッドで寝る。悪くない。しかし、〝分校〟行きを志願したのは、ぼく一人だった。校長困惑して、クジ引きにした。クジに当った女の先生が泣き出した——宿直はないのに。そんなに、〝山の手〟の〝本校〟がいいのか。校長は覚悟の上、クジ引きを取り消し、命令で人選した。

四つの危機（その一）

〝文士の日記〟なるものを意識するようになったのは、独り身になってからだ。

前々から、日録と勝手に称んでいるが、日記風メモというか、メモ風日記というか、毎日、KOKUYOのキャンパスノート（百枚罫線A・¥三八〇）によしなしごとを記している。

〝文士の日記〟も数多あるが、そのうちのいく冊かを読んだ。ひとつ、共通しているのは、簡潔にして的確であることだ。ぼくが文士であるかどうかは別にして、一日のことが長いし、曖昧なセンテンスが多い。読み返したくなくなる。そこで、〝文士の日記〟みたいな日録にしてみようと思い立った——所詮、野狐禅《やこぜん》なのは心得ていた。

「 月 日 晴 結婚前、妻に薬物依存症を治してみせると約束したが、守れなかった。

それもあって、彼女は失せたのだろうが、ずっと呆んやりしている。メプロバメート中毒は習慣性がつき、増量しがちになる。早め〳〵にこの〝ミンザイ〟を出してもらっているが、担当医は気づいていない。独りになると、何もかもヤル気がなくなった。死ぬのがこわくなくなり、なんとなくそのほうがラクに思えてきた。また、普通に暮らしている人たちが、なんだか偉く見えるようになった。

やはり、死ぬのはおっかない。夜昼の別なく、いのちの電話へダイアルをまわした。それが、何度かけても話し中だった。これからしても、死にたいが助けてくれという人が、どれほどいるかわかろうというものだ。

おまけに仕事もしないから金がなくなり、ウツも昂じたのか、する、と気持が移った。〝ミンザイ〟を数えきれないほど呷った。

「月　日　終日冷雨　ぼんやりしている。きのうのことを考えている。目が醒めたら、外からさす陽が眩しかった。部屋じゅうが白くて、ベッドから首を起して見渡したらICUらしかった——あとで、そうだと知った。帰りたかった。いつ、どこで、誰が一一九番したか知らないが、早く帰りたかった。

いま、吾が家の居間で仰向けに寝ている。担当の女性の看護師と喧嘩のようにして運ばれたときの服に着替え、千円札があったのでタクシーで帰った。

さっきから、マイルドセブンのスーパーライトを何本もふかしている。愧ずかしかった。ひどく愧ずかしかった。自殺するなんて、人にいえるか。誰がよくぞ死のうとしたと誉めてくれるか。寒い。厚着しているが、真冬の二月だ。ファン・ヒーターがなんだかへんになって、弱い熱しか出さない。いい気味だ。

「　月　日　曇天　二、三日、これをノオトするのをサボった。

きょうは、午後、見知らぬ太めのおばさんが来た。名刺をよこされて、ケースワーカーだとわかった。彼女、太田春子さんは、ぼくが精神保健福祉法三二条の適用を受けることになるといった。

「病医院の診察や薬代が無料になるの」

初めから、こっちが気を使わずにすむ調子だった。ぼくはほかのことを考えていた。

「それから、この町のヘルパーさんがお洗濯やお掃除をしてくれるのよ。あなたが請求すればね」

このケースワーカーはどうして、こういうことをぼくにいうのだろう。自殺を図ったこと以外に考えられなかった。一一九番で来てくれた救急の人たちが連絡したのだろうか。

「でね、拝島はとてもいい先生がいるの。心療内科の先生だけれど、一度でもいいから行ってみたほうがいいわよ」

傍にあったメモ用紙に、拝島駅からの地図まで書いてくれた。」

「　月　日　晴　古木さんに会って、さっき帰って来たところ。彼は明日忙しいというので、早めに別れた。

自分がいちばんハードな内職だと思った仕事の話をした。自殺未遂のことなどいわなかった。彼もプライベイトなことや家庭の話などしない。この内職は週刊誌なので、時間に制限がある。地方に起った事件で、いわゆる〝三大新聞〟に載らない出来事をある程度フィクショナイズして書く。この実話風の連載物には、ひとつの眼目と三つの条件があった。眼目は濡れ場を必ず入れること。殺しが絡んだ男と女の話が多いのだが、三つの条件とは、まず女の顔と服装とベッドインするときの脱がせ方、現場の写真、近所の人たちの話を聞くこと。古木さんはビールを飲みながら、口をはさまなかった。ただ、ぼくは濡れ場を書いたことがないんですというと、そうでしょうねと合槌を打ってくれる。着ている物の脱がせ方なんかも苦手だった。わかります。月曜日に地方新聞の記事を渡されて、金曜日の正午頃に社に行き、担当に渡す。あの日の前で読まれるのは厭なもんですね。水割りに替えた彼は、ぼくも似た経験がありますが、読み終えるまでの時間がふだんよりもっと長く感じられるんですよね。脱がせ方は、四、五回に一度は、あたし、自分で脱ぐ、にした。アハと笑い、彼は二杯目を注文した。」

「月　日　晴　拝島の心療内科のクリニックに最初に行ったとき、開院時間を知らなかったので、早く着きすぎてしまった。ケースワーカーの太田さんにいわれて、張り切ったのではない。むしろ、億劫な心持で、一回行けばすむだろうと思い、太田さんに義理立てしたようなものだった。白くて、どっちかといえば小ぢんまりとした建物を眺めていると、院内の敷地に乗用車らしい黒の車がはいってきた。降り立った背の高い若い女性は近づいて来て、新来の方ですかというので、はいと答えると、あんまり早く来ないで下さいといった。どうやら、彼女が暖房を点けたり、正面玄関をあけたりするらしい。ぼくが一番に問診を受けることになった。K先生という、ぼくよりははるかに若い男性の医師だった。呼ばれてはいった部屋は大きな本棚もあり、書斎のようだった。がっしりとした立ち机をはさんで、スウェーターを着た先生は、で、どうしました。やわらかな声音だった。おおまかなことは、ケースワーカーがいってあるだろうと思ったが、三代目の妻が失せたことから、くどくど話し出した。先生はどう思います。いえ、先を続けて下さい。カウンセラーでもあることがのちのちわかるのだが、気持がほどけてつい調子に乗って、そういうことから死に至る病になりました。で、現在は。もう、何もかもヤル気がありません。そうですか。では、元気の出る薬を出してみましょう。イニシャルがDという錠剤は一日、五〇㎎を一錠、二五㎎を二錠、二週間分。帰りは、まだ嚥まないのにすっかり気楽になって、久しぶりに〝口三味線〟が出たくらいだった。じっさい、中断していた仕事を翌々日から始めた。」

「 月 日 半晴 二週間目のきょう、K先生に、これ、効きますねえ、というと、いや、うどん粉かもしれませんよ、といわれた。このときから、先生を名医だと思うようになった。

ヘルパーの申請も認められ、一週間に一度、掃除、洗濯に来てくれていた。皆、女の人で、作業時間は二時間。きまっているのは二人で来ること、彼女たちがいるあいだは外出できないこと。これは、出かけていて、何か物でもなくなっても、彼女たちのせいにされないためだが、そんなことあるわけがない。それでも、規則は規則だということ。次回は一週間後。いろんな家に出入りしているので、ぼくがなぜ独身なのかも訊かない。」

「 月 日 うす曇り Dという薬は向精神薬だと思うが、先生にこれはのどが渇くのと、ちょっと便秘気味になりますよといわれた。のどの渇きはよくあることだが、いく日か噛み続けると、なるほど便秘になった。初めて錠剤になっている下剤を噛んでみた。一日に一回、眠前に二錠、と能書通りに噛むと、朝、下痢様の便が出る。それが、一日に二回、三回となると、エリエールというトイレットペーパーをとても使う。

出かけてからも、下痢のやまない日もある。駅も本屋もないこの西多摩の果ての町。一体、どこに公衆便所があるのか知らないが、ないのかもしれない。出先で便意を催せば、〝スーパー〟か元酒屋だった〝コンビニ〟みたいな店の便所に駆け込む。元酒屋の丸㐂屋はまだ汲み取り式で、〝スーパー〟も落し紙はエリエールではない。

下痢便なんとかならないかと、そのメーカーに電話で問い合わせたら、一日や二日排便がなくても、便秘ではないといわれた。そうして、一日に一錠にして、EBIOS一日に三回、一回一〇錠（アサヒ　一と壜千二百錠　¥一四八〇）。ファイブミニ一日に三本飲んでみろという。すると、下剤一錠嚥んでも、またフン詰まりになった。ぼくは一日に一度は排便しないと、なんだか気色悪くて何も手につかない。それで、イチジクの浣腸（30g・イチジク製薬・二個入り¥一八〇）をするようになった。これも、あとをひくというのか、外出して二度目、三度目の、しかも水様便が出る。腸中に爆弾を入れているようなものだ。

それでも、いまはDをやめられない。」

「月　日　晴れ　どうだ——これが、いつも突然のように電話をかけてくる田波の第一声だ。体調、経済、どうかという挨拶だ。財布もからっぽ、頭もからっぽ。元気だけはある。から元気だろう。〝カツドウ屋〟の洒落はきつい。尾崎一雄先生、士郎じゃない。あれは、人生劇場。国会議員同士が先生、先生と呼び合っているのはイヤらしいが、尾崎先生はぼくの心の師なので、先生と称ばせてもらっている。先生、四つの危機のうち、ひとつあれば小説が書けると仰言っている。それは、順不同に生命の危機、経済の危機、家庭の危機、思想の危機だ。ふうん、たしかに思想の危機はないな。そうかもしれないけど、もうひとつの危機が発生しかけている。なんだい。まず便所なんだけれど、水洗のタンクがヘンになった。ヘンとは。タンクの中でも、水が出ているようなんだ。当然だろ。いや、いや、パイプの水が止まっても、水が出ている音がする。気のせいじゃないの。だって、ここのところ、毎日だぜ。それと、次にパイプの水が細いんだが止まらなくなった。ふうん……。田波はようやく信じたようだった。さらに続いた。その次には、便器にヒビがはいったようなんだ。そのせいか、床が湿っている。というかヘドロのようになっている。だから、便所掃除しない。いや、掃除のしようがないんだ。それは早く手を打たないと。そうそう、話がある。渋谷に行くから、うなぎをおごれ。いいよ。日時といつもの場所ということで、電話をきった。」

「月　日　晴れ　きょうは田波と会う日だが、ここのところ、〝文士の日記〟と称していた日録を読み返した。どうせ野狐禅だと承知していたものの、文章長ったらしく、いいまわしくどく、無駄なフレーズ多し。一文文士でもない。〇文文士だ。田波に会い、渋谷の行きつけの料理屋でうな重を頬張りながらも、挫折感は消えなかった。が、何気なくいうように、エンタテイメントの小説書いてみないか。序論はふらずに、いきなり本論にはいった。口数のすくない彼は、なぜ渋谷くんだりまで呼ばれたのかと訊かなかったこともあって、怪訝な面持になった。ぼくは口にめしを入れたまま、田波、あなたはお笑い路線の脚本《ホン》をずっと書いて来たろう。そういう文才があるからエンタテイメントのユーモア小説が書けるよ。ぼくは都内大手のそういう雑誌にパイプがあるんで、紹介するよ。自信ないなあ。大丈夫、書けるって。それに、邦画はどうなるかわからないし。これは、彼には実感があったと思う。それじゃ、頼もうか。渋谷での食事のあとは喫茶店で一服ということになっていて、これもいつもの店ときまっていた。ユーハイムの裏にむかいながら、これで彼への借りが返せればいいと思っていた。田波は酒飲みのくせに、毎回三色アイスクリームで、ぼくはガムシロ抜きのアイス・ティ（レモン）。客がすくなく、静かな店が彼は好きなようだった。便所、どうした。どうにもならない。ヘルパーも掃除しなくなった。いつだったか、昼日中に、隣の大山さんの奥さんが大変ですよと走って来て、庭の水道から水が噴き出してるっていうんだ。庭へ出たら、水道水が宙を飛んでいて、まるで消防の放水のようだ。この水圧って凄いよ。水道の穴に雑巾なんか突っ込んだって、吹っ飛ばされちゃう。とっさに奥さんに礼をいって、タウンページで最寄りの水道屋に電話した。そこの工事店の若い人が車ですぐ来てくれて、元栓を締めると細いテープみたいな物を穴を中心に捲いてくれた。元通りにする修理代訊いたら、八万ぐらいかかりますね。ヘルパーはそこから長いビニールホースで便所掃除をしていた。それができないので、床に茶色い液状の物が溜まって、こいつがなんなのかわからない。履物はビニールのサンダルだけど、それも茶色で履く部分だけ青い。家内がいたときから、これを使っていたのか忘れた。ズボンか何かの裾が、このジュウシィな床に触れると、茶色っぽく染まって、クリーニングに出しても落ちない。出かけるときに小便するなら、爪先立ちして用を足すようになった。田波は黙っていた。何もいいようがなかったのだろう。」

四つの危機（その二）

「月　日　晴　どこの家にはいっても、ホームヘルパーはそうしていると思うが、吾が家でも、ねじ込みフックに紐の付いたノオトをぶら下げている。ぼくはそれを〝ヘルパーの帳面〟と称んでいるが、そこに当日の作業内容などを記す。ただ作業だけを書くペアもいれば、ツワブキのお花の黄色があざやかです等、目に映った寸感を綴るコンビもいる。毎回は見ないが、気がむくと目を通すときもある。田波に会ってからいく日かして、ヘルパーがはいった。午前中が多いが、彼女たちも呑み込んでくれて、外出を黙認してもらうようになっていた。午前中でないと、売り切れてしまう食糧を買いに出かける。なるべく、ヘルパーがまだいるうちに帰るように心掛けている。そうでなくても、家の物が何か無くなったりしたことはない。その日は、文房具屋へも寄ったので、急いで戻ったが、ヘルパーたちは帰ってしまっていた。すぐに、〝帳面〟を読んでみた。洗濯と各部屋に電気掃除機をかけたと書いたあとに、お便所の下水口《ママ》がつまっているようです、とあった。早速、便所の裏に行ってみた。この下に下水道がある。丸くて分厚いコンクリートの蓋がふたつあって、手前のが浮いているように見える。これが下の便所ので、もう一枚が上。この上のが水が出なくなった。ずいぶん前だが、この上の便所の水が止まり、これも水道工事店の人に来てもらった。応急措置でもしたのか、水が出るようになったが、こんど、水が出なくなったら、全部取り替えるようですね。黙然と聞いているきりだった。これだって、水洗便所一式買い、取り付けの手間賃払える金などあるはずがない。で、使用しなくなった。一階の蓋の傍に行ってみると、糞と小便とトイレットペーパーで押し上げられているのがわかった。カーキ色の臭い液体がまわりに溢れている。自分でなんとかするほかない。着たなりのまま、把手の付いた蓋を取り除け、スウェーターの右手を腕まくりして、黄色い物を掴み上げた。糞小便とトイレットペーパーが溶け合って、掴みにくくなっている。右手で掬うように掻き出すのだが、躰までが凍て付くような冷めたさだった。ここは石塀と家屋のあいだにある細長い所で、掻き出した異物をあたりかまわず放るように捨てた。それが、いくらやっても黄色くてひどく臭い物はあとからあとから現れる。この糞尿物の始末、別のやり方はないかと思案した。やってみるに価する方策がうかんだ。右腕はもう痺れたような感じになって、しかも汚れている。風呂場の洗面所へ行って、キレイキレイという薬用の液体石鹼で丹念に洗った。水道の水のほうが、まだ冷めたくなかった。そこから、ガレージの跡の簡易物置に行き、スコップを持ち出した。門扉からはいった所に、下水溝がある。そこにも蓋があるが、下水道のよりひとまわりもふたまわりも大きく、厚さ五センチほどか、マンホールのような、これも丸くて重い物だ。それを、スコップの先を梃子にしてこじあけることを考えついたのだ。門扉から物置までコンクリートが打ってあり、その蓋との隙間にスコップの先を挿し入れ、すこしずつまた挿し入れては持ち上げた。かなり蓋があいたので、スコップをそのままにして、そのマンホールの如き重い円形物に両手をかけて取り除いた。蓋の裏に、見たこともない白くて小さい虫がびっしり犇《ひし》めいていた。目下は、そんな虫けらどもにぞく、としてはいられない。見ると、下水溝の縦の丸い孔があり、それへ落ちる下水道の横の穴が汚物でぎっちり詰まっていた。また思いついたのは、これも物置にあるが、今では使っていない家庭用のゴミ焼却炉の火搔棒だった。そいつを持って来て、糞小便と紙の〝三位一体〟をちょっと搔き出したら、黄色の汚物が下痢便のように落下した。すぐにまた手を洗わなくちゃと思いながら、異臭に包まれて立ちつくしていた。」

「　月　日　半晴　〝バイパス〟と称している山ぎわの道を辿ると、JR五日市線の武蔵増戸《ますこ》駅がある。駅のない町から電車に乗るには、このあきる野市の駅がいちばん近い。単線で間遠の田舎駅で、待合室がある。あら、あ、どうも。玉川さんはすらりと立ち上って、会釈を返した。元ヘルパーの一人だが、現在は町議会議員だ。彼女と並んで腰かけ、どこまで。ちょっと、東京まで。ここも東京だが、皆、そういう。ぼくは立川へ出て、LIFEの原稿用紙（C151・一冊四〇〇字詰五〇枚¥三三〇）とハイブリッド（ぺんてる・一本¥一〇〇）のボールペンを買う。津久井さんの体調はどうですか。あまり思わしくないんです。津久井さんはもう初老だが、日の出町で唯一の共産党議員だった。イデオローグということでなく、かなりの町民のあいだで懐かれているおばさんのような人だった。今回は体調がすぐれないと、立候補せず、その代理のようにして玉川さんが団地から立ち、上位当選した。玉川さんには、議員になったとき以来、疑問に思っていたことがあった。あなたは党員ですか。ええ。どうして、党員になったんですか。それは、ほかのどの党より、共産党だけが真実をいっているので、入党しました。時刻になったので、ホームへ行った。あなたの党は、庶民の声に最も耳をかたむけているというけれど、そうなんですか。ええ、本当です。あなたの党への、いまの庶民の最大の声、知ってますか。なんでしょう。党名を変えてくれというんです。それは……戦中でも、共産党だけが党名を変えずに、軍国主義の権力に抵抗したので。もういい。彼女も金太郎飴になった。どこを切っても、同じ顔が出てくる。折よく電車が来た。隣合って座席に座ったが、もうその話はしないことにして、玉川さんもぼくの家にはいってくれた頃、門扉の具合、なんでもなかったですか。ちょっと、レールから外れやすかったと思います。やっぱり……いまではレールからすっかり外れ、出かけるときと帰ったとき、躰を横にしてすれすれ出入りできるぐらいの幅に門扉をずらします。それでも、全力を出さないと門扉のあけしめができない。それはもう、専門の人に頼んだほうがいいでしょう。そんな経済的な余裕がないのを、玉川さんは知らない。それより、玄関ドアのほうがひどいんです。初めのうちは、出るとき足で蹴ると足首がどうにかなるといけないと思って、右肩から体当たり。まあ……。しめるときも同じだけど、しまったとき、もの凄い音がする。最近では、もうしめっきりです。それと、前から寝室にしている二階の洋間のサッシのガラス戸、片方なんだけれど、ロックが毀れちゃって、夜中でもなんでも、ヴェランダを攀じ登れば誰だってはいれる。こわいわ。いえ、それより危険なのは、ケースワーカーのおばさんがいってたけれど、家の外壁が剝がれ落ちることです。彼女、あぶないあぶないといってたんだけど、何のことだかわからなかった。すると、そのばかでかいのが剝れて落下して、外の水道の蛇口を素っ首から截り落した。まだ蛇口でよかったですよ。ぼくは何を話してるんだろうと思いながら、口は止まらなかった。現在は、居間のこれもサッシのガラス戸から出入りしてます。左のロックが破損しているけれど、右は欠けてるだけで、そのレヴァみたいなのを、ガラス戸しめてロック状になった所にぐいと嵌めればあきません。拝島駅で乗り替えて、青梅線でも玉川さんといっしょに座った。ぼくはきのう、むかっ腹が立った。どうしたんですか。きのう、手洗いを出たら、内鍵がかかっちゃったんです。え、どうして。よくわかんないんです。横にかける平たい鍵で、スライド式っていうんですか。それが自動的にかかっちゃった。上の手洗いは使えないので、ドライヴァー持って来て、漆喰の壁とドアのあいだに先っぽを入れて、鍵を右手へこすって元へ戻そうとしたんです。金属製の鍵で、滑ってひっかからない。むか、ときて、ドアのノブを外しちゃえと、アイスピックととんかち出して、ドアは木製だから、アイスピックを当てて、力まかせに叩きました。ドアのノブの上下にかなりでっかい穴をあけて、そこへ指をさし込み、内鍵を元へずらしたんです。次は立川ですという車内アナウンス。あら、これ、東京行きだわ。内鍵がもうスライドしないように、ガムテープ貼って固定しました。どこかで、〝特快〟に乗れますよ。じゃあ。ぼくは降りた。自分は腹が立っていた——自分に。」

「　月　日　曇天　ぼくは○文文士でもないと思った。きのう、玉川さんと会ったところを読み返して、何の関係もない彼女に、家が劣化したことを話している。議員だろうと、女性に便所のことまでしゃべった。文士の日記でも何でもない。そのノオトを放り、もうクセになっている仰向けになって、タバコをふかしていると、どうも自分を呼んでいるような声がする。庭へ出ると、左隣の主人だった。この方もサラリーマンだが、年配で声が低く、初めよく聞こえなかった。この一家とはあまりつき合いがなかった。昼間だが家にいるのは、停年退職したのだろうか。むこうで作ったヒバの生垣に近づくと、そっちへ張り出しているヴェランダの角が割れかかっていて落ちそうになっていると丁寧な口調でいう。すみません。気がつきませんでした。頭を下げると、引き返した。考えをめぐらして、二階の左のヴェランダを見てみた。このかなり大きな塊が落下すると、下が隣のガレーヂの屋根だ。それが波形というのか、うすいビニールに当たる。そこに、人でもいて、落下物がビニールをぶち破ると、怪我でもしかねない。だが、この場合も先立つ物がない。書庫の押入れにあった太めの針金を思い出し、そいつを持って鉄筋だがいつ落ちるかわからない左のヴェランダにそっと降り、その角を五本に束ねた針金で分厚いコンクリートの角の下を通して何回も捲き、最後に針金の束をぐるぐる念を入れて締め、なんとか当面落ちないようにした。」

早春賦（その一）

田波からの電話で、渋谷へ来てくれないか。うなぎを喰おうという。彼のほうから、こんなことをいってくるのはいままでになかった。ただうなぎを喰うわけではないだろう。何か話でもあるのだろう。といって、電話では片づかないようだ。行くと即答して、日時をきめた。

その日、いつもの料理屋で、これも同じ六畳の和室。座卓をはさむと、

「これ……」

茶封筒に包まれた物をよこした。あけて手にしたのは、都内大手の出版社のエンタテイメントの月刊誌だった。目次をひらいて見ると、彼の名前が載っている。

「やったね」

「ああ、なんとかね」

「この「、いずれ」。この大腸ガンから生還したシナリオ・ライターは大酒呑みでもあり、突出しの水貝で冷やをやっていた。この名店は注文してから料理にかかる。ぼくは茶をもらった。田波、ぐい飲みで一気にあけながら、

「あなたのおかげで、この原稿料もらった。そのお礼にと、いつものうな重ではすまないけれど」

「そんなことないよ。これ、大好物だから」

「週刊誌のほうはどうなの」

「ひどいよ。ウツになっているんじゃないかと思う」

　彼はもう一本銚子をあけて、

「週刊誌だから、ハードだろうね」

「むこうの担当が替った。この男と合性が悪い。ちょっと首をひねったら、即その場でクレームをつけられたところを書きなおし」

　田波の銚子一、二本は下地をつくるようなもので、三本目を誂え、

「きついね」

「前回は千葉の八千代市だった。団地での殺し。女房が亭主を包丁で刺した。駅前からタクシーで、この運ちゃんとのかけひきで、チャーターか賃走か、こういうことでも予算をくすねるんだ」

「伏線はもういいよ」

「わかった。行ってみたら、出入口に車止めがあって、団地内は車の走行禁止。それが、

新聞の写真でしか見たことがないが、高島平のような大団地だ。記事には何号棟の何階の部屋と書かれているけど、中にはいって歩きながら探さなくちゃなンない。見当もつかないんで、通りすがりの団地の住人らしい人に訊くんだが、誰も知っている人がいない。着いたのが午後遅くで、現場の写真も撮る。もう、パニックになった」

三本目の銚子もあけた彼、

「見つけたの」

うな重が運ばれてきた。ぼくはまず肝吸いを一と口飲み、

「なんとかね。現場の部屋のドアは板で筋かいをしてあって、部屋の中の写真は撮れない。もう暗くなってきて、ぎりぎりその筋かいのドアを写した」

田波はうな重も喰うのが早い。平らげると、

「間に合ったわけだ」

「ところが、その原稿と写真を見て、担当が首をひねった」

「…………」

「辞めるっていいたかった」

ぼくはうな重でもなんでも、喰うのが遅い。ようやく半分を超えたばかりだ。田波はタバコを咥えて、

「あのさァ。あなた取材だけして来ない。事件のいきさつをメモして、現場の写真だけ撮ればいいよ。話はぼくが書くってのはどう」

即座に考えた。辞めるよりはまだいいだろうと思い、

「そうするか。原稿料は折半しよう」

「いいよ。いらない」

「だって……」

うな重を喰い終えていおうとしたら、

「月刊誌の小説の仕事、また頼まれたんだよ。もう、本編書いてないんだ。テレビのシナリオだけじゃ、心もとない。安いしね」

田波と別れて、明るいうちに帰宅したら、電話が鳴っていた。受話器を取ると、ぼくの小説の編集担当氏だった。

「もうきまりましたか」

「その、いや、ちょっと、あの」

しどろもどろに、

「あと二、三日考えさせて下さい。ぼくから電話します」

「わかりました」

受話器を置くと、始まった。頭痛だ。十数年前から頭痛持になった。中田先生が出してくれているロキソニンを噛んだ。頭痛の原因はわかっていないという。WHOでも解明されていないようだ。ゆえに、岡田ボク多摩いちばんの頭痛持。

いま書いているのは五十男の「ヰタ・セクスアリス」だが、ぼくにとっては長編だ。編集側は六十代にしてくれという。ぼくの場合、これは大ちがいになる。六十代だと、読者はぼくのことだと思う。私小説作家だと目されているからだ。たしかに、そういう話が多いし、自身、私小説が好きだ。が、ピカソはいっている。「オレがキュビズムといってるんじゃない。まわりの連中がいってるんだ」。じっさい、ぼくは名乗っていないし、自称はおかしいと思っている。問われれば、私小説《わたくしフィクション》ですと答えることにしている。「この」「いずれ」。長い物に取りかかっている間、原稿料がはいって来ない。で、週刊誌の内職をやっているけれど、田波が話を書いてくれることになっても、担当とは性が合わないし、現場へ行くだけでも厭気がさしている。

頭痛ともうひとつ、治らないのがカゼだ。ぼくがいっているのは、インフルエンザとかウィルスとか、そういう小むずかしいのではなく、単なるカゼ。熱が出て、咳込み、扁桃腺が腫れて唾を飲んでも痛い。嗽《うがい》をし、額を氷水で冷やす。氷枕もする。これが治るクスリがない。極端にいえば、治るまで治らない。ぼくは独り身になってから、一度大カゼをひいた。これに懲りて、カゼをひかないことにした。

去年の夏時分、古木さんに会ったら、しきりに洟をかんでいる。

「どうしました」

「いや、鼻カゼをひいて」

立川のデパートの屋上のビア・ガーデンでのことだ。

どうしてそうなったのか忘れたが、ネコとイヌの話をしていた。ぼくは禁を破って、ジョッキの生を一と口、二た口と啜っていた。悪い酒で、酔うと三代目の妻にからむ。初代、二代目のときは、まだ酒飲んでいなかった。外でも飲んだが、よくしくじった。出入り禁止といわれた先輩作家もいる。三代目が一回目に失せてから、やめた。

イヌ、ネコで共感したのは、二人ともネコが好きだということだ。といっても、イヌが嫌いなのではなく、

「あの鎖がどうもねえ」

古木さんは一杯目のジョッキをあけると、

「外へ出るのは、散歩のときぐらいじゃないんですか」

ぼくはまた一と口啜り、

「イヌだけ置いて、みんな出かけている。そういうのを見かけると、厭な気分になる」

ツマミをとらない古木さんは、

「まあ、イヌにはイヌの感情があるでしょうけれど」

「古木さんとこはネコ飼ってます」

「いえ」

古木さんは二杯目を飲み出した。ハワイアンバンドが始まったので、声をすこし大きめに、

「ぼくの家にはいたです。大佛次郎いうところの住み込みか通いか」

彼は聞き役がやはり上手い。で、と無言。

「ある日、ふらりとはいって来て、そのまま居ついちゃった」

「住み込みでしょう」

「別れた家内がネコ気狂いで、餌をやったのがきっかけだった」

「この「、いずれ」。プライベイトな話になるし、厭な結末になる。

古木さんと早めに別れて、ＪＲ五日市線に揺られながら、作品の人物の五十男をエイヤ、とばかり、六十代にすることにきめた。こういうことを決めるのは、何もロヂックとは限らない。ぼくは感覚《センス》で決断する場合が多い。

そうして、帰宅したこの夜も、就眠の手立ては変らなかった。「この「、いずれ」。

早春賦（その一）の「この「」、いずれ」。

「シナリオ・ライター、田波靖男の「」」。

加山雄三の〝若大将シリーズ〟、クレイジーキャッツの〝無責任シリーズ〟の脚本を書いたのが田波だ。ヒット・メーカーになると、独立して自分のプロダクションを設立した。訊きたいことがあって彼に電話を入れたのがつき合いのはじまりになった。

「頭痛の「」。原因がわからないから、多説ある。ぼくは遺伝説に賛同したい。母がひどい偏頭痛だった。当時のことだから、ぼくはまだ子供で、母が顳顬《こめかみ》に梅干の皮を貼っていたのを覚えている。しかし遺伝説に拠ろうがどうしようが、いま現在の頭痛が治るわけではない。初めのうちは、ARAXのノーシンやライオンのバファリンでおさまっていたが、それが効かなくなり、大正製薬のナロンエースとかエスエス製薬のイブも嚥んでみたが、いっかな治らない。仕方なく、藤沢薬品のサリドン、塩野義製薬のセデス・ハイといった劇薬に近いのを嚥んでいたが、何分にも高価だ。で、二ヵ所の病医院（神経科、内科）から、セデス・ハイと同じだというセデスGを出してもらっていた。これを服用しても治らない場合があるのはいうまでもない。それが、何か欠陥でもあったのか、両方ともロキソニンに変った。一日・各一錠、三回嚥むことになっているが、それでも効かないと何錠も嚥む。が、痛みがやまない。このことを、神経科の担当の先生にいったら、もしかしたら、脳内に何かあるのではないかと、次回、脳外科か脳神経外科でCTスキャンをすることになっている。

「私小説の「」。不朽の名作、「舷燈」。この中で、若いが貧しい夫婦が毎日ジャージャー麺を食べている。その日の夕食もジャージャー麺なので、こう毎日ジャージャー麺じゃいやになるというと、妻、だってあなたが毎日ジャージャー麺でいいっておっしゃったじゃありませんかといったようなやりとりがある。阿川（弘之）邸に参上したとき、作者の阿川さんに、

「ほんとに毎日ジャージャー麺だったんですか」

「そんなことないよ」

苦笑された。

「ネコの「」。メスの雑種の日本ネコ。なんだかいつもだらけているようなので、ダラ子にした。妻はまさにネコ可愛がりで、年齢不詳のこの美猫の世話に夢中になっていた。ぼくたちもイヌも喰わないことを何度もやったが、どこからかダラ子が出て来ると、

「あら、ダラちゃん」

ぼくを置き去りにして、ダラ子を抱きに行った。このことが度重なり、ぼくたちは自然と時の氏神ならぬ〝大明神〟と称ぶようになった。

ぼくは怪我では入院した。〝少年〟のバイクに撥ねられた。彼は無免許、信号無視、スピード違反、轢き逃げ。彼がどうなったかは、被害者には知らされない。こういうとき、運がよかったというのは、加害者の親が裕福の場合をいう。彼の父親は青梅のガラスの渡り職人だった。付添婦も雇えない。一ヵ月以上の入院が必要と診断され、身動きならない。妻が日の出町から世田谷の病院まで来ることになった。真冬の出来事だ。

ダラ子をどうする。ネコは寒がり屋だというが、電気の置炬燵を点けたまま家をあけられない。といって、隣近所の人に炬燵のほどよい点滅を頼むわけにはゆかない。どうしたかというと、出かける直前に沸騰した湯を湯タンポに入れ、タオルでくるみ、ダラ子といっしょにスウィッチを切った炬燵に入れた。退院すると、ダラ子は病んでいた。妻があきる野市のイヌ・ネコ病院にダラ子を抱いて行くと、腎臓病だといわれた。一本三千円の注射を打ってもらったの。そしたら、餌を食べたの。それまで、何も食べなかったのに。この注射は一週間もつ。それが切れると、餌を食べなくなる。一週間に三千円。家計にとっては苦しかった。かなりたってから、やめましょうか。妻のほうからいい出した。そうだな。まだ夜型で、明け方に寝ようとしたら、彼女が来て、ダラ子が死にました。ゆうべの三時頃です。彼女はずっと傍に附いていたのだろう。前に住んでいた人が残して行った大きなサクラの樹が庭にあった。その根本に、ぼくがスコップで穴を掘り、妻が土をかけてやりながら、ごめんね、ダラちゃん。その後の諍いは〝大明神〟がいなくなったから、夜を徹することしょっちゅうだった。これも、彼女が失せた一因だと思う。

早春賦（その二）

今年になってからだが、午前四時、五時に目がさめる。毎朝ではないが、眠気を覚えない。そういうときは、梅干と氷水の前に、座卓にもなっている仕事机にむかう。主人公を六十代ときめると、筆が捗るようになった。ひとつには、週刊誌の仕事を全面的に田波に引き渡したせいかもしれない。気持の負担がずっと軽くなった。担当氏に話して納得してもらい、正式に紹介した。その帰り道、

「ぼくは、きみに〝上納金〟を進呈するよ」

返事のしようがなく、黙っていた。毎週ではない。いく人かのメムバーがいる。

田波の番になると、原稿料の支払い日に渋谷の料理屋に招んでくれ、うな重を馳走になると、封筒にはいった物をよこした。帰宅して、中をあらためてみたら、どういう計算から割り出したのか、五万円はいっていた。一方で、田波はエンタテイメントの雑誌の仕事も、次々とこなしていた。これもあっての〝上納金〟かな。ありがたく頂くことにした。

それらがまとまって、ハードカヴァーになった。読んでみると、彼がシナリオに登場させた加山雄三やいかりや長介の話だったが、小説ではなく、実録といった物になっていた。「この「、いずれ」だ。また、増えてきた。

ぼくは仕事の進行と同時に、妻との離別の事務的な計いもとりはこんだ。こんどは、協議離婚でいいだろう。一度、彼女のほうから〝地裁〟に調停離婚を申し立てた。未練たっぷりのぼくは蹴った。そんなこともあって、彼女の婚期を逃してしまった。彼女への手紙で、このことを詫びた。もともと、自立志向の強い人で、慰謝料だの何だのと、あれこれ条件をつけないだろうとも思った。連絡の中継地点は杉並の彼女の兄の所だった。

役場から離婚届を取り寄せた日、田波から電話があった。

「あの週刊誌のシリーズ、打ちきりになるんだって」

「どうして」

「知らない。編集のほうの事情だろう。それで、〝上納金〟もう上げられないから」

「それはいいんだ。いままで、ずいぶん助かった」

「仕事してるの」

「うん。ただ、終らないと、原稿料がはいらない」

「生活保護、申請してみたら。あなたなら受けられると思うけど」

これが、自称常識家の発想だった。

「そうだな、そうしてみるか」

電話のあと、考えてみた。離婚が成立すれば、ここを立ち退くことになる。この土地、家屋は妻との共同名義になっているが、彼女が父親の遺産で購入したものだった。むろん、立ち退くつもりでいた。ただ、行く先がきまっても、払える物が払えなければ、きまらないも同然だ。

生活保護も、このさい結果が早くわかったほうがいい。もう、一日絶食の日が断続している。あくる日、役場に赴いた。保護申請書という用紙をよこされた。帰宅して見たら、記入するのが細かいのなんの、住所、氏名、年齢等々から、「今まで受けた援助」「将来の見込」など、ぼくの場合は判るわけがない。ミナサンノオカゲ、と書いた。三回受けつけられず、四回目やっとこ認可された。しかし、土地付きの家持だと、ぼくの名義にもなっているから、一ヵ月、三マンなにがし。もう、なにがしなんていいたくないほどの額だ。持ち家があるのとないのとでは、いくら立ち退くにしても、先で大きくちがってくるのだが、これも「この「、いずれ」だ。どうも、これが多い。「この「、いずれ」は「この「、いずれ」にしよう。ほんとは、それどころじゃなかった。明日、何を喰おう。いや、喰えるか喰えないか、そこまできていた。いまはまだ一月だが、年末の、ぼくは〝差し入れ〟

と称んでいるが、それを喰いつないで生き延びてきた。田波は歳暮のつもりだろうが、こっちは贈ったことがない。きまって、銀座の維新號の肉マンだった。ぼくが大好物なのを知っている。これは、一回にひとつ啖らえば充分だった。それほど嵩があって、よく嚙みしめると中の餡（肉）に甘みのようなものさえあった。都内大手のS出版社からも恒例の贈答品で、スープとカレーにきまっていた。HOTEL OKURAで、スープはこのまま摂る各位もおられるだろうが、ぼくはめしのおかずにする。

去年、中学、高校の合同クラス会に、およそ半世紀ぶりに初めて出席したら、川島裕と再会した。

「お前、書いてんだろ」

「ああ。お前は光文社の」

「ちがう、ちがう。いつもまちがえられて困るんだが、おれは光人社」

「ああ、〝マル〟の」

「そうそう」

「名刺くれ」

傍に英語で商売をしている富成がいた。立食式のパーティで、もう飲んでいる。中学生のとき、メガネをかけるとインテリになるといってかけていたら、本当に近眼になった。

「その名刺、見せてみろ」

川島は中・高時代、野球部のサードで、このときのチームが軟式だが都の大会で優勝した。

「ふうん」

名刺を手にして、富成は唸るような声を出した。中学だったか、高校のときだったか、国分寺の彼の家に初めて行ったとき、隣が信時潔の家だよと平然といってのけた。父親が旧日銀の、いまでいうモンゴル支店長だったので、これくらいのことはなんでもないことだったのかもしれない。

「川島はな」

水割りのグラスを片手に、富成は、

「社長の上が会長。その上が名誉会長。奴はその上の相談役だ」

そのときは感心したりはしなかったが、それから川島との交流が始まると、中・小出版の相談役は色いろ苦労していることが呑み込めた。彼は俗にいう〝ニットウハン〟にまでいちいち顔を出す。去年の日曜の夕方、電話したら、

「おれ、きょうは疲れちゃったよ」

「どうして」

「中・小の印刷会社の社長たちとゴルフやってさ、相談役だから出ないわけにはゆかないし」

その彼から、大晦日にどさりと〃クロネコ〃の差し入れがあった。

おかげで、〃チン〃して喰える赤のこわめしとタラバガニ（大丸の缶詰）を喰って、新年を迎えた。また、ほかの食物との隙間に、同社の「ワイマールの落日」（加瀬俊一）の文庫を入れてよこした。ぼくがヒトラーから始めて、歴史（西洋史、世界史）にはいっていったのを電話ででも話したのだろうか。それは忘れたが、憎いことをするクラスメイトだ。

ぼくには女友だちがいない。オスのぼくにとって、相手は皆女どもだ。しかし、ハジメニレイガイアリキ

いまやアラブ学界の大御所、黒田壽郎の夫人、美代子さんがぼくのたった一人の女友だち。亭主の黒田とぼくは「作品・批評」の編集委員だった。昭和三十年代前半で、第一号に九万円使った。表紙に目次を載せるというのは、当時としては斬新だったと思う。

その美代子さん、同期で学生時代から知っていて、常日頃は〃隣のミヨちゃん〃と称んでいる。彼女からも、年末に差し入れ。彼女だけがむろまちの朝がゆも贈ってくれた。年齢からして、歯のことを考えたのだろう。カレーが松本楼なのもうれしかった。なお、黒

田とは卒業してから結婚。披露パーティでは、司会進行役を仰せつかった。

ライスは〝コンビニ〟でも売っているが、あきる野市のゾウさんデパートのライスが「サトウのごはん」で、およそ半額。小学生時代、通学路に「ないものはない」というキャッチフレーズのある日の出屋の前を通るたび、どっちなんだろうと首をかしげたものだ。この店も「ないものはない」と、これはなんでもあるということだ。葛切り、心太、こわれせん——製造の過程で毀れた屑のせんべいなどなど。

本業だが、大分煮詰まってきた。ぼくはハガキでも下書きを書くのだが、この作品は草稿がない。それが普通なのだろうが、いわばぶっつけ本番だ。すると、しょっちゅう書こうとしていることに引っかかって、そこで考える。セクスほど個人差が多いものはないのではあるまいか。それも考えた。このことから、ヒトの年齢というものはなんだろう。立ち止まって考えると、年齢にはあれこれおかしなことがある。〝ミヨちゃん〟もアラブ学者になった。こういうことは、彼女に訊く。亭主の黒田は浅草生まれの江戸っ児で、「なんだ、てめェ。そんなこと自分で考えろ、このタコ」

すこぶる手荒い返事が戻ってくるだけだ。そこへゆくと、やっぱり〝ミヨちゃん〟は女性だからか、応対がソフトだ。が、兼業主婦だから、忙しい。電話で、なるべく簡単に確認することにした。

「ぼく、岡田」

「あら、久しぶりねェ」

「二、三分話していい」

「どうぞ」

「ヒトは一年たつと、ひとつトシをとる」

「そうね」

「この一年というのは、地球の自転と太陽を公転することから割り出した」

「ええ」

「ところが、四年ごとに閏年があって、そこで帳尻を合わせている。いまは閏秒以下まで誤差が縮まったというけれど」

「それで」

「つまり、絶対時間は観念の中にしか存在しないと思うんだ」

「そうでしょうね」

「日本も太陰暦を使っていたけど、世界にはいろんな暦があるんじゃないの」

「あるわよ。ヴェトナムの暦、エチオピアの暦、アラブの暦もあるわ」

「それから、あまり知られていない地域、島にはトシのない人たちがいる。トシがなくても死なないし、生きるだけは生きる。あなたなんか、すぐそういう所へフィールドワークに行く」

「行きませんよ」

「だから、ぼくは年齢不詳にする」

「どうして」

「いや、いいんだ。これは、ぼくの了見だから。黒田によろしく」

「岡田さんも、毎日ご飯を食べなきゃだめよ」

「ああ」

これを、暢気なやりとりととられたくない。ようやく先が見えてきた仕事を支える考えのひとつだ。しかし、落ち行く先のあてもないし、明日喰えるかどうかの身の上だ。

一案があった。これも前にここに住んでいた人（なんでも、アパレル関係の下請け会社の社長だという）が庭石も残して転居した。タウンページで、当町を中心に周辺の石材屋に端からダイアルをまわした――ぼくの電話は黒いダイアル式だ。返ってきた答は一様に、とんでもない、いま石の置き場所もなくて困っているということだった。ただ、一人、若い男が来た。時間をかけて石を見ていたが、

「ありませんね」

訊いたら、茶室専門の石屋だった。

いよいよか。蔵書というほどでもないが、買い集めた本、贈られた本も売る。ここから移転する所は、たぶんアパートだろう。それも、〝セイホ〟——生活保護から支給される安いアパート代しか払えないので、これだけの本を収納できるスペースはない。で、物干し場がなくて困っている。何度も足を運んだ神田神保町の表通りにあるTという古書店に電話した。出版社のPR誌にもよく広告を出している。どうしても手放したくない本もあった。初版本、署名本、絶版になった全集……Tの来る日、ぼくは朝から書庫の本を、玄関の式台に運んでいた。ぼくは「豊竹屋」だった。口三味線だ——もう、ギターが弾けなくなっていた。アルバイトのモダン・ジャズでアドリブを演《や》る。ほんとはディキシィランドが好きで、「聖者の行進」を口三味線のアドリブ演りながら、書庫と式台を往復した。

Tは口数のすくない男で、ぼくが本のことを話すのを黙って聞きながら、一冊、一冊手に取って、しかし素早く見ていった。ふたつ、知らないことを聞いた。署名本は、ぼくの名前を消せるようになったという。また、全集や辞書は二刷り、三刷りのほうがいいのだそうだ。それだけ改訂してある。

「あなたは職人ですね」

「皆さん、そう仰言います」

ワンボックス・カーで来て、式台に積まれた書籍の山は呆気ないほどすぐに、あとかたもなく消えた。帰りぎわに、井伏鱒二のところに出入りしていたとちら、といった。

食の心配がなくなって、小説は最終章を迎えた。ただ、ぶっつけ本番だから、遅筆がいっそう遅筆になり、予想以上に時間がかかった。で、夜昼のない二毛作になった。トキニアラズ。自分にむかって呟いた。急がないこと。

この間、妻の代理人という男の人から電話があった。ここへ来るという。仕事の都合を話して、先に延ばしてもらった。彼女にしてみれば、ぼくの顔も見たくなく、声も聞きたくないのだろう。

原稿用紙、あと十枚をきった夜、町内会の当番の女の人が電話をかけてきた。町会費を頂きに来たいという。一ヵ月、五百円。半年に一回で三千円。見栄ではなく、お払いしますといった。昼間、二、三回来たらしいが、チャイムもインタフォンも故障したままだ。修理費がない。夜、部屋の灯を見て、在宅していると電話をよこしたのだろう。待って下さいとはいえなかった。門扉をあけ、門灯を点けた。声がしたので、庭からまわった。

取りに来たのは当番の家の見知らぬ奥さんだった。一、金三千円也の領収証を置いて帰った。これが大きかった。原稿、あと数枚というところで、出版社への電車賃が心もとなくなってきた。考えに考えて、翌日、中田堂へ赴いた。この日は、まだ何も口へ入れていない。

「カゼひいちゃって」

ぼくは中田先生に、内心手を合わせ、

「熱は平熱なんです。ただ、関節痛で食欲がなくて……」

「カゼは治らねェんだよなあ」

「そうです、治りません。で、できたら点滴お願いしたいんですが」

「点滴か。いいでしょう。それでリキつけて、いい物を書くこった」

この診察室の左隣の部屋にベッドが三床あって、そこで点滴してもらう。

あくる日、片道の電車賃しかなくなったコインをポケットに入れ、帰りは青年担当氏に電車賃を借りることにした。原稿を茶封筒に入れ、さて、ここまで、筆の恥は書き捨てとばかり、やくたいもないこと綴ってきたが、今回は〝これぎり〟にする。

明日なき身

見えた！

この稿を起こすにあたって、母校の大先輩、大久保（房男）さんが何かに書かれた随筆のひとつが念頭にあった。

「古池や蛙飛び込む水の音！

ほら、いっぺんに下品になった。」

とある。以来、！も、?も使えなくなった。

辛うじて、ダッシュ、リーダー、パーレンを人目を忍ぶような気がしながらも用いている。

もう、あまり先がないと思っていて、この作品にとりかかったが、小見出しに、！を付けた。

ごく人並みのことをやったまでだが、いつもは、それができない。また、誰の助けも借りなかった。自分独りで、ということに、勝手に思いを深めている。

この安アパートの部屋は、劣悪化するに任せていたとしかいいようがない。

ロフトで寝起きし、ガス焜炉のある流しが付いている。ユニットバスもあるが、入浴して、躰を洗ったことがない。越して来て、今年で足かけ五年。最初からガスひいていないし、躰を洗えるスペースがない。いまだに、嵩がある梱包の荷ほどきをせず、その手前の座卓を仕事机にしている。重度の慢性腰痛だから、腰に余計に負担がかかる。座卓がよくないのは承知しているが、立ち机を買う金子もない。

いままでは、このこともエクスキューズにしてきた。こんどは、なんだかちがうような心持がした。謂わば、明日なき身になる病に罹った。これだけは、という物書こう。意を決したが、座卓に原稿用紙を拡げられない。座卓の〝ヤマ〟といっている。クスリの類、全部。何冊かの大・小の字引き。公私の書簡。数冊のメモ用ノオト。ほか、文庫、新書判の本、新聞のスクラップ――これは資料用。様ざまな筆記用具。タバコ、灰皿、いくつかのライター。それと、ルーペ二個、百円もしない二、三の菓子パン、水を入れたペットボトル、ふりかけの壜。食卓兼用なので、べつに不思議でもなんでもない。ただ、どれも見すぼらしいふりかけみっつのうち、これを忘れやすいので、目につくように座卓に出しっ放しにしている。わけても、〝日録〟と称している日記帳。また、毎日持って歩くスプリングノオトの買物メモ帖、A4判だが、買物の往復のとき、ふ、とうかんだヒント、目にしてこれは、という物、自分の言葉で考えついた表記などもNｏｔｅしてある。この二種類のノオト、雑然と積み重ねられ、それを中央に、以上の諸々が〝ヤマ〟のような形で載せられ、座卓そのものが全然見えなくなっている。なお、その中心に、大きなクスリの空き箱を置き、その上に目ざまし時計。一家にひとつ、基準になる時計があるが、この部屋では〝スーパー〟で買ったいちばん安いのを標準時計にしている。

これらの代物をどう整理し、片づけるか。腰痛のハンディで考えをめぐらし、手はじめに、旧い東電、NTT、水道等の領収書は丸め、座卓と出窓のあいだの床に次々と放り投げた。なんでこんな物とっておいたのかと、思案する時間すらない。中でも、どのゴミに出すのかわからないマーロックスという、胃のクスリの半透明な空き壜。白濁した液がはいっているビニール製らしき物だが、ゴミ分別収集実施表にも書かれていない。ヘルパーに訊いても、皆、首をかしげ、答えてくれる人はいなかった。これはもはや、夥しく捨てられ、毎月送られて来る月刊文芸誌と入り混って、ほかのなんだかわからない固形物と雑多に床を覆っている。

ＬＩＦＥという事務用の原稿用紙、Ｃ１５１を草稿に使用している。縦三十センチ、横二十センチぐらいの小型の物だが、第一に座卓に置きたい。

前の町にいたとき、自殺を図った。未遂に終ると、精神保健福祉法三二条（通称、〝三二条〟）の適用を受けることになり、有料のヘルパーがフリーオブチャーヂになった。

当町に来てから、介護保険で最軽度の要支援に認定されたが、支援センターの若い女ケアマネージャーの相次ぐミスに我慢できなくなり、縁を切った。

で、板敷だから、何畳間だかわからない。間口三メートル、奥行四メートルと見て、七畳か。いまの畳はしかし〝団地サイズ〟なので、それより多目、八畳ほどだろう。その半分はないが、三、四畳までが梱包。それと、座卓だが、長方形で、スライド式の電気炬燵にもなり、思いのほか部屋を狭くしている。

座卓の右。高さ二メートル余り、幅三、四十センチの本棚二対には、大きさの異なる段ボール箱、ぼろけて使わない大きめの買物袋に生活用品を手当たりしだい突っ込み、前後の見境なく重ねて積んである。うち、ひとつの段は便箋、封筒、葉書といった文房具置きにしている。最下段、右端の段には、湿気を嫌う安定剤、〝ミンザイ〟を入れた太い筒、二缶。片方の上に温度計を載せ、この木造の段の奥にカレンダーを画鋲で吊してある。ここへ転居する際、本を持って来たら、これらの物を収納できない。余さず、売り払った。本棚の天辺に、これも大きさのちがう段ボール箱五個、やはりおんぼろで、大ぶりの買物袋三個、都合八個、目白押しに載せてある。ここのは、ゴミだか屑だかカスだか、なんでも軽い物を、どれにもはちきれんばかりに詰め込んだ。この下を通って、一個でも落ちて来ても、怪我をしないようにしたつもりだ。

左手、出窓しかない部屋の壁に備え付けの〝エアコン〟があり、それにつっかえないように、丈の高い文庫本の本棚を据えた。文庫も買ってくれた新宿の古本屋は、十年以上前に潰れた。それを挟んで、ロフトにのぼる梯子が取り付けられている。女家主は〝階段〟といった。階段なら、降りるとき、前むきになる。うしろむきに、一段、一段、段に摑まって降りる。そんな素通しの〝階段〟あるか。梯子のさらに左の壁。そこに、なんというのか知らないが四個だけ突出した物。それに、衣類を掛ける。いくら衣裳持でなくても、服、シャツ、ズボン、幾重にもして下げ、夏冬の物何もかも遮二無二ごたまぜ。ハンガーにハンガーを掛けるのも、ここへ住んで工夫した。その下に、生ゴミの容器、燃やせないゴミ袋、紙屑籠を無理無体に押し並べ、一間の押入れとのあいだに資料の新聞の束を積み、一と重ねでは到底足りるわけなく、押入れの前に無闇矢鱈にずら、と連ねた。また、ランニングシャツからすててこ、ももひきまで、その上にいっしょくたに置いたので、押入れあけられなくなった。中に何がはいっているのか、皆目忘れた。

部屋代四万円のこのアパートには、駐車場と物干し場がない。駐車場はいい。洗濯物、まだヘルパーがはいっていたとき、部屋の隅の何かの取っかかりを見つけ、ビニールの紐、右の本棚とのあいだをやっとのことで二本張ってくれた。

ヘルパーが来なくなったのが、去年の夏時分。毎年、前の町でも、夏場になると、バスタブに溢れんばかりに水を満たし、水風呂にはいる。ここに来て、TVなく、新聞とらず、買わないから、去年の暑さがどれほどのものだったか、定かには知らない。夜分も水風呂で、バスタオル二、三本では間に合わない。連続真夏日でも、クーラーおかしくなっていることもあり、すぐには乾かない。五、六本、取っ替えひっ替え使い、躰を拭いたのは、ヘルパーの紐に掛ける。水風呂一回にタバコ一本喫《の》む。いつでも、タバコは時計代りになる。右手にマイルドセブン、灰皿は太田胃散の缶カラで、左手で持つ。

座卓の物をなんとかしようと思い立ったのが、去年の夏場から秋口へ移る頃で、まだセミ時雨しきりだった。気がついたことがある。卓上からどかした物を、どこへ持って行くか。日記、買物メモ帖のほかに、私信が頗る溜まっていた。特に、〝缶チュウハイ〟の〝総代〟、〝モンゴル〟、〝今川焼〟の封書、葉書が数多ある。汗を拭く間も惜しかった。座卓の上に置いてある物、これの整理整頓から手をつけることにした。腰痛を覚えても休まず、小一時間かかった。右から、〝日録〟、買物メモ帖、私信の手紙、字引き類。梱包にきっかりくっつけて、よっつの小さな〝ヤマ〟ができた。中腰になるといけない。腰痛、まだ我慢。私信は封書、葉書のふたつの〝ヤマ〟にした。葉書は、あらかた〝今川焼〟だ。〝総代〟と〝モンゴル〟の封書はいずれも鳩居堂で、ひとつの〝ヤマ〟にしたら、傍を通るだけで揺れる。これを、ふたつの〝ヤマ〟にして、輪ゴムで束ねた。

そこまでで、腰がいうことをきかなくなった。汗にかまわず仰むけに寝て、腰に数冊の雑誌を当て、マイルドセブンをゆっくりふかした。この間、どかす物の始末を考えた。エイヤ、と声に出して立ち上がり、梱包の上を見渡した。何も載せていないのが二個。汗が目に滲みた。Tシャツの袖で拭いただけ。燃やせるゴミ袋ふたつを片手に、どかす物を手当たりしだい、袋の両方へ無茶苦茶投げ入れた。必要なとき、探し出すのが大変だという慮は、LIFEを拡げたいこだわりで、頭になかった。座卓の木地がいくらか見えてきた。何も口に出していわなかった。非力だが、やってのけたという思いが強かった。どうだ、やったぞと口にしたところで、聞いている者はいない。この部屋では、座卓の上に、原稿用紙があって当たり前だ。ただ、座卓が見えたことで、腰痛を怺《こら》え怺えあとの作業はアップテムポで捗った。いく種類かの頭痛薬（必需品）、サロンパス（足の裏に貼る）、例のふりかけ等々、どうしても、という物を残した。いつも自信がない。どうかな、とあやふやな気持で、LIFEを置き、開いた。卓上、きっちりの広さをきわどく獲得した。この仕事、いつ終るかわからないが、置炬燵点けるまでに、しまいの句点を打ちたかった。そうしないと、炬燵の中にも充満している森羅万象を処理する羽目になる。それでもいい。この数年間で、急いで仕事に目鼻をつけないようになった。炬燵を点ける季節になったら、中の物を四方八方へ蹴散らかしてやる。いつものことだが、何かをする前に、百メートル走の選手のスタート直前のようにちょっと俯き加減で、それから腰に貼る湿布、モーラステープを貼替えた。一日一枚なのに、二枚。日に二回貼替えないと、ただ歩くことさえままならない。バスタブのある洗面所で、水道の栓を全開にして、顔をざぶざぶこすった。

その夜からとりかかった——原稿を書くことに。

家なき児

その男から電話がかかってきたのは、五年前の七月だった。

前年の十二月、失せた三代目の妻に、離婚に応じる旨、手紙を書いた。失せたので、住所がわからない。彼女の兄が内科の勤務医で、妻子と都内に住んでいる。そこが、彼女への手紙を出す〝中継所〟になっている。むこうは脱け出た家の住所を知っているので、ここを通さずにすむ。そのぶん、ハンディがあるのも忌いましい。彼女の親きょうだいも居所を知らず、また知ろうとしない。両親から教育者。特に母親は日本で初の女県視学になった。一人いる姉は音楽の教師で、嫁いだ先が高校の社会科の先生だから、兄だけ異っているように見える。成人ののちの言動には、自分で責任をとれ、といったようなことになっているのかと思いたくなる。母親には、元気だ、無事だ、くらいのことを手紙で出しているだろう。げんに仲介は誰もしない。この義理の兄も、彼女の所番地を知らない。そういうことからも、これも私立の高校で国語を教えていたという本人の心配りからか、名刺大の義理の兄の住所を印刷したものを、何枚もよこしている。あとは、それを封筒に貼って出せばいい。離婚届の用紙も取り寄せたと書いた。約束した薬物依存症の治癒はまだだ。ではなく、治す意志がない。詫びると書いた。

「あの、田中という者ですが、栄子さんのことで……」

低い、おだやかな声音だった。この一戸建ての団地に来る日時をいった。お待ちしていますとのみ答えた。

妻が調停離婚にもちこまないようなので、安堵した。失せたあと、一種の別居だが、彼女が調停離婚を申し立てた。蹴った。未練があった。こんどは、始末をつけたかった。

まだ〝夜型〟で、七月のその日も、昼頃起きた。冷房は寝室だけ。下に降りると、パンツ一丁になり、外の水道の水をゴムホースで引いて、雑草だらけの庭に撒いた。空気はかえって湿めっぽくなり、むしむしと部屋にはいってきた。居間にも扇風機しかない。それを点けると、もっと室内の空気が粘つく感じになる。OFFのまま、食欲もないので、インスタントでアイスコーヒーをつくり、ブラックで飲んだ。

声がした。来た。急いでランニングシャツ、すててこ。玄関に出迎えると、見事な禿頭。柔和な細い目で辞儀をして、

「田中ですが……」

彼女と同県人だから、禿まで色が白いのだろうか。

「どうぞ」

居間にはいり、座卓で向かい合うと、

「こういう者です」

受け取った名刺の肩書が、田中建設社長。冷やしてあったムギ茶を思い出した。立って、ふたつのコップに注ぎ、相手の前にも置いた。

「おかまいなく……」

扇風機は点けないことにした。ムギ茶もすぐ生ぬるくなる。

「じつは、栄子さんのことですが」

まだ、マイルドセブンに火を点ける余裕はあった。喫みながら、考えた。これは、彼女の代理人か。直接会って話し合えることばかり想像していた。もう、顔も見たくない、声

も聞きたくない、ということか。たしかに、それほど嫌われているのは承知していた。じっさいにはしかし、こういう男に会うことになるとは、思いも寄らなかった。

「ムツミさんの手紙をもらって」

東北訛りがない。もし、岩手県人なら、よほど長く在京しているのか。

「移るときは、いろんな物件をお世話できると思っています」

やはり、代理人だろう。立退くのは、彼女ではないのを知っている。この中古の総二階の家を買ったのは、彼女。先考の遺産を持っていた。母がなけなしの四百万出してくれた。それでか、共同の名義になっている。

「ここを更地にして、売却したら、栄子さんは三百万をムツミさんによこすといっています」

いっしゅんの間に判断して、

「いえ、ぼくのほうから慰謝料出さなければならないのに、それができません。その三百万を代りに受けとってほしいと伝えて下さい」

「そうですか。わかりました」

次の日時を約して、座を立った。ムギ茶も飲まなかったから、話を事務的に運ぶのかと思った。帰りぎわに、お考えをきめて下さいといい残した。〝お考え〟といっても、何をどうきめるのかわからなかった。わからないまま、二回目の日がきた。

「きょうは、けじめをつけてもらおうと思って」

けじめ――なんのけじめだろう。この建設業者は、白紙を目の前に突きつけて、

「これを、念書にします。立退きの期限日を書いて貰います」

さすがに、うっかり記せないぞと思った。

ふ、と考えうかんだのが、文芸評論家の古屋健三だった。今は小説を書いている。すこし後輩だが、後事を託してある。

「知り合いの者と相談して……」

「なんだと」

細い目がもっと細くなり、マムシの舌を連想させた。

「手前、それでも男かよ。男ならこの場できめろ。それとも、痛え目にあいてえのか。指の一本や二本切り落したって、どうってことたねえんだ」

突然の罵声で、なんだか呆んやりしてしまった。真夏日なのに、汗をかいていない。冷や汗をかいているな。そういうことに頭がゆく。

「おい、こら。手前。おれのいっていること聞いているのか。おれのいう通りにしねえと、返事ができないようにしてやる。おれは、この辺のチンピラた訳がちがうんだ」

逃げない。怺えて、ムギ茶をわなわな飲んだ。

「手前のことは、栄子さんから全部聞いている」

「…………」

「男らしくしろ、男らしく。男の根性がねえんなら、入れ替えてやろうか。外見じゃわからねえようにするが、一生治らねえ怪我をすることになるぞ」

抵抗も何もない。恐怖感にまみれて、念書に「八月三十一日までに立退きます」と認《したた》めた。いわれなくても、署名。

自殺が未遂に終ると、保健所の知るところとなる。この種の〝事件〟は、警察をはじめ、保健所などのネットワークにチェックされ、一生ついてまわるという。

三代目が失せてから、何もかもヤル気がなくなるほどのダメージを受けた。酒飲んでいたので、飲めばいいのに、飲酒自体がかったるくなった。

救命されて、ICUから帰宅すると、翌日には保健所のおばさんがやって来た。三二条の適用を受けることになるといわれた。精神病の治療、薬品代等無料になるという。

おばさんに紹介されたその病院の精神科の担当医、デジレルという白い錠剤を出してくれた。むろん、経緯を話した。自分で、自分を哀れだと思った。若いが、よく話を聞いてくれる担当医の前で、ハンカチを使う為体。デジレルは、一日、五十ミリ一錠、二十五ミリ二錠。

「でも、これを噛むと、ちょっとのどが渇き、便秘気味になる副作用がありますよ」

服用すると、元気が出るようになったので、元気が出るクスリと称んでいる。正式には抗ウツ剤。考えてみると、彼女がいる頃から、その兆しがあった。原稿を書かない。夜中から、フジテレビの深夜映画の二本立て。どんなにひどいB級映画でも、目薬さして見ていた。彼女には、本を読まなくなったといわれた。なぜ、ウツになりやすくなったのかは知らない。謂うところの几帳面で真面目な性分なのだろうか。その彼女が失せたので、ウツが余計昂じて、〝ミンザイ〟を呷ったのかもしれない。この元気が出るクスリでしかし、彼女に手紙を書き、怯えながらも念書を記したのではないか。

ところが、立退こうにも、先立つ物がない。あの三百万貰っておけばよかった。考えあぐねて、思い出した法律用語が、居住権。そういうものが、有効かどうか。何気なく手にした町の広報紙のしまいの頁に、今月の行事がカレンダーになって載っている。人権問題相談の日に目が行った。ぼう、としていたが、まだ間に合う日だとわかった。

どこの田舎町でもそうなのだろうか。三割自治といわれる自治体は、第一にりっぱな庁舎を建てる。ここも、同断。正面玄関の段を暑さに喘いで上がり、重いガラスの戸を押すと、す、と全身の汗がひいた。毛足の長い真紅の絨緞を、履き古したスニーカーで汚すのは気が引けたが、矢印の貼紙を辿って、その部屋にはいった。〝相談員〟というのか。五人いた。皆、男。一礼して、手前の受付に行くと、役場の職員だろうか。申込用紙に記入してくれと、この青年、腰が低い。住所、氏名、年齢。囲みの欄に、相談事の内容を書くようにいわれた。何をどう書くか、考えていなかった。マニュアルだろう。〝相談員〟に直接話すことにした。天井の高いこの部屋に、〝人権〟に悩んでいる庶民の姿はほかに見られなかった。五人にむかって、一脚の椅子に腰かけた。

「で、なんの相談ですか」

全員、トシとっているように見える。うち、一人が口を開いた。田中のことを話し終えると、

「そりゃ、駄目だ」

最年長と思える老人が、冷然とした眼差しをよこした。

「念書書いちゃったら、おしまいだよ」

「でも、書出しに、いまのところと書いたので、八月三十一日じゃなくても」

別の爺さん、生欠伸まじりに、

「そんなこと通用しませんよ。念書通りに三十一日までに立退かなくちゃ」

一同、弁護士か何か、法律に詳しい各位だろうが、これは何の日か。〝土建屋〟の脅し

は、違法ではないのか。居住権、訊いても無駄か。いや、訊こうとしたら、これらの老人たちとはちがう、一人、異質な熱い視線を感じた。見返すと、無言の黒い髪の男。あとは白髪か禿だ。行政の無力なことを知らされた思いで、立ち上がった。黙礼して部屋を出た。

あくる日、民生委員の明石さんから電話。初めてではない。二度目だ。会ったことはないけれど、中年の女性のような声で、

「……さんから、ゆうべ電話があって」

「え」

奇妙な名前なので、何かよくわからない。

「これから伺いたいんですけれど、ご都合よろしいかしら」

「ええ、はい」

会ってみて、納得がいった。あの黒い髪の男が、ゆうべ明石さんに電話を入れ、あなたの自治会の人が何か困っているらしい。

「事情を訊いてみたらどうかっていうのね。で、名前を聞いて、ああ、と思って」

名前を聞いてというのは、自殺未遂のネットワークがここまでゆきとどいているということだろう。あのときは、この五十年配の民生委員は動かなかっただけのことだ。共通語

を早口で話す明石さんは、初めて電話をよこしたとき、

「日の出温泉に行ってみませんか」

「は……」

「老人クラブで無料の日があるんです」

電話のあとで、老人クラブにはいっているのか。そういえば、別におかしくもなんともないと思った。

いきさつを告げると、

「そうねえ、もう八月ですものねえ」

〝老人〟の目からすれば、まだ若く見える面高《おもだか》の民生委員、

「その人に会ってみましょうか」

頭を下げた。援軍がいた。一と安心したが、もうひとつ、〝援軍〟があった。八月にはいると、田中は電話で、いついく日に行くといわなくなった。

「これから、手前の所に行くぞ」

いい方が変ったが、そのうちのある日、偶たま新潮の編集長と担当氏が来ていた。こんなトラブル、いままでいわなかったが、きょうは立ち会ってもらおうと考えた。手短かに訳を話した。この四、五十代の編集長、ちょっと変っているというか、東大の国文を出た

が、〝部活〟がボクシング。

「その男は暴力団か、それ以上の男だから、いざとなったら、頼みますよ」

「とんでもない」

　真顔だった。

「ボクシングのライセンスを取ると、女の子の髪を撫でてもいけないんですよ」

　些か気落ちしたが、証人にはなってくれるだろう。といっても、訴訟沙汰にもち込むつもりは全くなかった。

　田中が来て、あいだに二人並んでもらった。紹介しなくても、名刺二枚。手にした〝土建屋〟、自分の名刺は出さずに、薄い唇を歪めた。

「だから、手前、なんだってんだよう」

　なんでもかんでもない。心中、もっと毒づけ。そうすれば、不利になるだけだと思った。

「新潮だろうがなんだろうが、けつまくってやらあ」

　編集長も担当氏も無言。大体、田中がやって来ると、元気が出るクスリを嚥むようになっていた。この禿、新潮も知るまい。田中はかえって苛立ったが、さすがに手は出せない。早く出て行けとも怒鳴れず、ひどく口惜しかったにちがいない。

「でも、ぼくたち朝まで話し合うなんてしょっちゅうだったけれど、彼女、一度もここを出て行けとはいわなかった」

「この親爺がまたねちねちとしつこいんだよ」

そうなのか。女の目にじかに触れた気がした。これまで、信じよう信じようとしていた――彼女が田中の正体を知らないことを。知らずに、代理人になってもらった。知っていたら、こんな暴力団まがいの男をよこすはずがない。そうではなかったのか。内心、落胆したが、それでも、ちがう。献身的に尽くしてくれた女だったと思いたかった。女が変ることを、貧しい〝経験則〟で承知はしていた。彼女はしかし、そういった人ではない。これが、あとあとまで尾をひく思い込みになる。

この二人の編集者は一回きりの〝援軍〟。明石さんはこの後も尽力してくれる〝援軍〟だった。

生活保護《セイホ》の支給額は、ここでは福祉事務所が仕切っている。前の町の役場に申請して、どうにか認定されたが、当初、三万なにがしだった。ケースワーカーが定期訪問に来る。ずっと男のケースワーカー。田舎の〝役人〟だから、冬場、

「これ、わりィけんどよお、おれんちで使ってたの持って来たんだけんど」

車で電気の置炬燵と炬燵蒲団を運んで来てくれた。ほかの、だが同じ初老のこれも男性

ケースワーカーは、

「このファンヒーターな、〝セコハン〟。あんだか粗大ゴミだからと思われるかもしんねえけんど、炬燵だけよりちったああったかかんべえと思ってよ」

支給額が低いからではなく、現場では、皆、自腹を切っている。

明石さんは、現在担当している停年目近の、やはり男のケースワーカーに会って来た。

「一定限度の部屋代で住めるアパートがあるそうなの。この町じゃないけれど」

「どこですか」

「さあ……なかなか簡単にはゆかないらしいのね。こっちのケースワーカーと、こんど担当する人の申継事項があるし、どこの町でも安いアパートとなると、そうざらにはないんじゃないかしら」

まだ、八月中に田中が来て、

「きょうは、栄子さんにいわれて、ここに残した物を取りに来た」

躰ひとつで出て行ったので、あれこれ欲しい物があるのだろう。若い男、一人。尋ねる気もしなかったが、この無口な男、〝土建屋〟の手下だろう。彼女の記憶から抜け落ちた品物もあるのではないか。そう思ったのは、田中は手ぶら。手下もリストアップの紙片一枚も手にしていない。二人、寝室にしている二階に上がった。そこは万年床。押入れに天袋がある。ついて行ってみると、田中が背伸びしても、天袋をあけられないでいた。キチンに椅子があった。背凭《せもたれ》がないので、軽い。持って行って、田中に渡した。それを万年床の上に置き、乗ったので、

「そこはやめて下さい」

「なんだと、この野郎」

抗ウツ剤嚥んでいたので、

「あなたは、いまのこと見ていましたね」

手下に念を押そうとしたが、薄く笑っただけで、返事をしなかった。〝親分〟の手前もある。〝証人〟になるわけがない。

帰ろうとして、書庫にしてある部屋に、ふ、と立ち入った。何をするのだろう。本には触れられたくない。あとを追ってはいると、和室の押入れにがさがさ禿頭を突っ込んでいる。片手で掴んで取り出したのは、開封していないウィスキー。容器からして高価な物だが、すっかり忘れていた。

「手前、飲むか」

「………」

黙って、首を横に振った。

「これあ、いいもん見つけた。おれが飲んでやる」

高笑いした。

明石さんは、田中にも会ってくれていた。多くを語らない民生委員なので、審《つまび》らかにはわからないが、八月三十一日を延期してくれと、あの〝土建屋〟と五分に渡りあっていたようだった。

八月の中旬頃から、田中の来る日が間遠になった。電話だけのときも、八月の晦日までに家をあけ渡せと恐喝しなくなった。

その時分に、妻の内容証明の手紙が届いた。

「わたしは我が強いんです」

いつもいっていた。いい出したら、きかない。クスリを毛嫌いしていた。ノーシン、バファリンのような軽い頭痛薬でも、わたしの見えないところで嚥んでくれといわれた。

この手紙は、一度読んだきりだった。彼女の我の強さで、不肖の夫の所業を詰りに詰り、早く出て行けとあった。抗えない素手の身に、サヴァイバルナイフをギラと、突きつけられた気がした。最後に「八月三十一日までに立ち退かないと、提訴します。」

十年一と昔という。そんな俗諺《ぞくげん》に拠らなくても、三人の妻のうち、この人だけが十歳年下だった。日記を無断で見る。どころか〝訂正〟してある。唖然を通り越して、どうし

て、と声高に咎めると、悪びれもしないで、
「事実と違っていましたから」

〝缶チュウハイ〟

「はい、……でございます」「あんた、電話に出ると、いつも折目正しい挨拶をするねえ」「そうじゃないよ。どこのどなたがかけてくるか分らないから、当たり障りのないように……」「そこが、ちがう。あんた、日本画の大家の令息だが、ごく人並みのサラリーマンになって、苦労したよな」「どうでしょうかねえ。あなたこそ、老いの坂で原稿書いて、大変じゃないの」「そうだなあ。なにしろ、手書きだから、いまどき、そんなのいないと思うよ。手で書くと力がないと駄目。気がつくと、唸って書いている。今年になって、あっちこっち工合が悪くなったが、〝百病息災〟のあんたにはかなわない」「やめてくれ。レッテル貼られるの厭なんだ」「そうか、そうか。いや、こないだ〝モンゴル〟から手紙が来て、そん中で、おまえはどことどこが悪いのかと尋ねられた。そんなこと、数えてもみなかったんだけれど、日記のいちばんしまいの頁に通院日が書いてある。数えてみたら、片手の指じゃとても足りない。でも、最悪の〝マーフィー〟は、やはり前立腺」

「あなた、よくマーフィー、マーフィーっていうけれど、なんなの」「うん。おれもよくは知らないが、平たくいえば、ツイてるときも〝マーフィー〟なんだ」「どうも、いまひとつ分らないなあ」「今年になって、いつも掛けてる老眼鏡で字引き引くと、字が滲んで見えるようになった。度が進んだなと思って、メガネ屋に行った。メガネ屋は専門の眼科の医院で検眼して来てくれっていうんだ。で、その医院は検眼すると、診察もすることになっている。それで、白内障になっているといわれた。これは、まあツイている〝マーフィー〟かな」「ちょっと納得できた気がする。連鎖反応と因果応報か」「ううん。じゃ、どうだろう。おれ、耳も悪いんだ」「どうして」「三代目に右耳をぶたれた。そもそも、こんなぼろくさいアパートに住む羽目になったのも、〝マーフィー〟のせいだ」「そんなにひどいの」「もう、ロフトで寝てない。下の板の間で寝るから、節ぶしが痛い。両足が伸ばせないからね」「耳とマーフィーってなんなの」「これも、〝モンゴル〟の返事に書いたが、おれ、生まれつき、耳の性が悪い。彼、また葉書で、おまえは中学生の頃から耳だれだったといわれた」「なんだ、耳だれのことですか」「それが、そうじゃないんだな。耳は総合病院の耳鼻科で診てもらったが、右耳の鼓膜に穴があいている。その穴は一生塞がらない。洗髪するとき、水が入ると中耳炎になるから、耳栓をしろっていわれたんだが、耳栓しても中耳炎になることがある」「それ、マーフィーか」「どうかな。洗髪のあと、右耳痒くなって、綿棒突っこんで掻きまわすと、先っちょの綿に膿が付いていることがある」「耳は今でも危険だよ」「だから、地元の開業医に行った。とにかく、〝モンゴル〟の記憶力には、仰天したよ」「ところで、モンゴルって、誰だっけ」「あのねえ、あんた〝総代〟なんだよ。それが、もうボケちゃっちゃ困るなあ」「また、レッテル貼りですか」「これは、そんなんじゃない。あんた、高校の卒業式の総代で、レッテルじゃなくて、れっきとした事実だ」「あれは、みんなが逃げて、押しつけられて」「それは、エクスキューズ。〝モンゴル〟は、先考が旧日銀の、いまでいうモンゴル支店長。だったからだろうが」「ちょっと、度忘れした」「耳医者は待合室からしておかしい。灰皿が置いてある。でっかいの、ふたつ」「それあ、ヘンですねえ。嫌煙権もほどほどにして、大気汚染、京都議定書はどうなったんですかねえ」「おれのは慢性中耳炎。余計厄介なんだ。そうでなくても、発症しやすい。こういうのを、マイナスの〝マーフィー〟と勝手にいっている」「つらいね」「こういうことが、殆ど毎日起こるんだぜ。最悪なのが前立腺。それで、電話した」「どうしたの」「検査で白血球があるといわれた。キャンサーが気になる」「クスリ、変ったかい」「変らない。三十日ぶんだから、また一ヵ月たたないと、次の検査で白血球がどうなるかわからない」「マーフィーどころじゃないね」「あんた、いろんな病気のこと知っているから」「知らないよお。でも、クスリが変らないんなら、次回まではいいんじゃないいんですか」「それ、気休めか」「前立腺のことなんて知らない。浅川が前立腺肥大で、〝オペ〟やって、よくなったそうだ。手紙で、おれの肥大は大きかったって威張って書いてきた」「〝今川焼〟が前立腺にやられたっていう葉書をよこした」「ああ、彼はあなたんとこしか手紙を出さないんだね」「そう、葉書が多いんだが、筆忠実《ふでまめ》な奴だ。〝アル中〟だから、飲んで酔うと、電話かけてくる。群馬からの電話代、いくらかかるか分んなくなる」「わたしだってそうだが、アル中の電話は、皆切っちゃう。それに、あなたも薬物依存症ですからねえ。グループでは、あなたしかいないんだよ。電話できるのは」「承知しているが、べらべらしゃべりまくって、意味不明。あんたも不眠症だから、安定剤や〝ミンザイ〟嚥んでんだろ」「眠る前三十分に両方いっしょに嚥む」「おれは夕方から、安定剤一時間おきに嚥み、ラストにまた安定剤と〝ミンザイ〟」「え、そんな嚥み方ないよ」「で、依存症」「いくら、作家だからって、過激じゃないかなあ」「それをいうなら、むしろTV、新聞の報道のほうじゃないのか。現在は知らないが」「戦前、戦中とちがうのは、テレビの出現でしょうね。文化面だけじゃなくて……テレビは文化ではないと思うよ。特にひどいのは、政治関連のニュース。見るたびに、腹が立つ。見なきゃいいことは分ってるんだけど」「おれだって、TVあれば見ちゃうよ。だけどさ、TV、新聞やめて分ったのは、〝マスコミ〟でものにする知識は増える。でもね、すこし離れてみると全部雑学じゃないかなという気がする。それに、コードがある」「そうか。テレビ、新聞の〝コード〟はひどいらしいね」「〝モンゴル〟から面白い手紙をもらった。我われの出た中学。旧制の四年生まで私立の関東中学だった。略して、〝関中〟」「中央線沿線では、あと中野中学校。このふたつが、不良で有名だったね」「それを、〝モンゴル〟がね、我われのグループに限ってもいいが、〝関中〟の輩だから、音よみにすると、関中輩。この関を缶詰の缶にして、あと全部片仮名にする」「ああ、〝缶チュウハイ〟だ」「〝モンゴル〟はセンスオブヒュウモアの持主だよ。いくら頑張ったって、所詮安上がりの酒。おれなんか、原稿書いていて、我に返ると、イキんでいる。そんなとき、おれは〝缶チュウハイ〟なんだと思うと、ぐっと気が楽になる」「そういうもんですかね」「こないだ、新潮社に行って、元担当で編集長だった坂本忠雄にバッタリ。彼、日大二中のクラス会の帰りで、何かの用で社に寄った。彼等、お歴々がやったのは、ゴルフ」「年金のちがいでしょうかね」「とにかく、おれ会費三千円以上払えないからね」「分ってるって」「年金、意外と〝今川焼〟がいいようだ」「陸《おか》に上がってから、アル中になった。よほど、フネが好きだったのかなあ。欲求不満でしょうか」「〝今川焼〟は葉書ばかりじゃない。あれは、マメなんだな。暇になっても、何かちょこまかやっている。葉書は、素面《しらふ》のときにしか書かないから、ほんとだろう。彼と〝モンゴル〟が旧字体の字を書く。〝今川焼〟は畠をやったり、自分一人で、一日分の料理こさえちゃったり、朝から弁当持って、ロハの町営の温泉へ行ったり、羨ましいよ」「素面だと、健康的なんですかねえ」「夕方から歩きに歩いて、家に帰って来て、三十分もすると高鼾」「見習うべきですねえ、我われ不眠症は。あと、彼、飲まなきゃ、いうことなしなんですがねえ」「でね、いつだったか、〝今川焼〟がまたべろべろ電話をかけてきた。おれ、まだTVあってさ。NHKだったか、明治以降のすぐれた洋風建築物を紹介する番組を見たあとだった。で、彼に、おまえんとこの〝郵船〟はすごいりっぱなといいかけたら、彼、あ、おまえ、形容詞使ったな、おかしいぞっていわれて、恥ずかしかった」「酔っていても、そういう点はエリートなんだねえ。彼が群馬に土地買って、家を建てたのが分る気がしますねえ」「それでいて、彼は前立腺の検査を受けない。クスリしか嚥まない。検査は痛いから厭だっていうんだ」「あなたは、検査したんでしょう」「ああ。〝今川焼〟は尿道にカテーテル突っ込まれるのが痛いと思っているらしいけど、それは初期の段階。小便が出なくなると、カテーテルでやられるが、まだそこまでいっていないのかな」「おたがい、健康に気をつけようっていいたいけれど、大宅壮一流にいえば、いまは一億総健康症候群。それを商売にして、儲けている奴、けっこう多いんですよ」「おれが通院している心療内科のクリニックの薬局では、サバの味噌煮を売っている。レトルトだがね」「それをまた買う人がいる」「あんたこそ、健康に気をくばって、長生きしろよ」「近頃は、病院で人を殺さない」「長生きして、どうなんだということもあるがね」「それは、作家の発想でしょう。じゃ、お元気で」「あんたもな」

カアチャン

アミーゴ・今川。無沙汰をしたが、ようやく拙簡を綴る時間をGet。いまは、大人も子供も忙しい。ヒマは待っていても、やって来ない。自分で創るものになった。

ところで、おぬしの気持、わかるよ。カアチャンいなくてさびしい。わかる、わかる、ようくわかる。乃公《おれ》も同じような目に遭って、もっと深刻な事態になった。カアチャンいないと、宿六どもどうしたらいいかわからなくなる。

だがな、アミーゴ。さびしいからといって、また酒飲んで、乃公に鯨飲電話。いきなり、岡田よ、岡田よ、岡田よの連発だ。乃公、初めはいつものアル中だと思った。が、いつもとはちがうようだ。カアチャン、カアチャンと口走る。乃公、隙を縫って、カアチャンどうしたと訊いた。そのあと、また岡田よ。おぬしとて息が切れる。すかさず、カアチャンどこへ行ったと問いかけ、あらかたのことを知るのに手間取った。

おぬしのカアチャン、精神病院にはいった。なんで、精神病院を撰んだか。彼女、精神に異常をきたしたのを自覚したようだ。その理由は、おぬしにある。おぬしら、夫婦間にDVがあったかどうかは知らない。

しかしだ、考えてもみよ。おぬしの〝アル中〟、尋常ではない。カアチャン、おぬしに酒が嫌いになるクスリを嚥ませた。おぬしはだが、何度嚥んでも、酒が嫌いにならない。クスリのほうが吃驚した。カアチャンもたまげた。精神がおかしくなるのも道理だと思う。

乃公のカアチャン、二回逃げた。一回目のときも、さびしくてウツになった。乃公はしかし、酒飲まなかった。安定剤を嚥んだ。もう、薬物依存症で、メプロバメート中毒になっていた。自在に池塘春草の境地になれる。こんなことしたのも、カアチャンいなくて、やりきれないからだ。だがな、アミーゴ。これは、つらい現実から目をそむける一時的な処理でしかない。それを、おぬしはアルコホルでやっているわけだ。たがいに、弱虫だ。

それでも、おぬしはもともと放胆なおのこだった。旧制〝関中〟が、戦後、学制改革で新制高校。俄に民主主義を唱え出した。ワンノブゼムの国文の〝オオカミ〟が、胆の大きいところを見せようと、職員室ならタバコ吸ってもかまわんとぬかした。おぬし、早速職員室に行き、「今川守一、タバコを吸いに来ました」。職員室の一同、大いに慌てふためいた。

それにしても、おぬしの酔いっ振りはひどい。もう、忘れているだろうが、こうしたときだからこそ、思い出させてやる。おぬし、鯨飲電話で、ふと気が変ると、カアチャンを強引に電話口に出す。彼女と乃公、何も話すことなし。「困りましたねえ」「そうですわねえ。すみません」「いや、気にしなくていいですよ。これが、初めてじゃないですから」どころではない。おぬし、こう放言した。おれのカアチャンと寝ろ。何回でもいい。おれは気にしない。分ったか。今度来て、寝ろよ。

どうだ、アミーゴ。これを読んだおぬしの顔が見たい。

おぬしのカアチャン、入院先を転々と変えて、居所を突き止められないようにしているそうだな——それほど嫌われてしまったんだよ、おぬしは。

しかし、だ。今川。カアチャンいなくなって、どのくらいたったか。まさか、半年なんてことはないだろう。三ヵ月もたっていまい。せいぜい、一ヵ月か二ヵ月そこらだと思う。それで、さびしいか。すこし、早すぎるな。乃公のカアチャン、二回目に逃げて、それっきり。これほどの年月がたてば、さびしい、せつないといえる。だがな、今川。乃公、安定剤嚥むのをとっくにやめた。

前の町にいたとき、一戸建ての団地だが、夜半、隣の家から〝音楽〟が聞こえてくる。民謡らしいが、どこの民謡か分らない。毎晩なので、囃子というか合いの手というか、その部分は旋律も拍子も覚えてしまった。メロディは長調《メジャー》で、ア・サテ・キタコリャ・ヤットナ・ツンツンツンツン・ヨイヨイヨイヨイ・エッサッサ、で一回終り、また、ア・サテと始まる。これが、夜な夜な大きな音で鳴らす。CDかテープかビデオか、よく飽きないものだと思ったが、耳につくと仕事にならないときもある。すこし、ヴォリュームを下げてもらおうと、そのイヌツゲの生け垣の家の前へ行った。と、〝音楽〟聞こえない。では、と、左隣のコンクリートブロックの塀の傍に佇むと、これ亦《また》音ひとつ立てていない。自宅へ戻ったら、ア・サテときて、エッサッサまでの〝音頭〟が始まった。ぞく、とした。幻聴。耳を塞いでも、聞こえる。心底こわくなって、安定剤噛むのをやめた。エッサッサ、ぴたりと止んだ。

おぬしはアル中だが、幻聴、幻覚の体験あるか。なかろう。それほど、躰、肝臓が強いのだろう。

こうなる前に、おぬし、カアチャンに隠れて、酒飲むようになっていた。カアチャンおっかないから、という葉書よこした。とにかく、生来の酒好き。未明の四時か五時頃、むく、と起きて、鍬だか鋤だか担いで、畠。一と仕事終えると、埋めてあったワンカップを呷る。カアチャン、まだ寝ている。掘り出したワンカップ、いくつか。それで、もの足りるおぬしではない。山を降りて、自動販売機で、ワンカップ、だけか、両手に余るほど大買いする。達者だよ、おぬしは。それ持って、山坂のぼり、自分の畠まで引き返す。酔ったら、カアチャンこわくない。そのあと、おぬしの決まり文句——後悔。乃公にも、鯨飲電話、猛省の葉書をよこす。

だがな、アミーゴ。断酒会に何回入ったか。いつだったか、珍しく素面でおぬしの電話。もう、パーサーとして単独外国船に乗り込み、行った港より、行かない港のほうがすくないのを知っていた。乃公、訊いた。世界各地の女はどうか。おぬし、答えた。どこも、おんなじ——その中から、カアチャン選んだんだろうが。それを、精神おかしくさせるとは、如何なる了見か、このばかたれ。

もし、酒やめたら、カアチャン帰って来るかもしれない。禁酒して、いちばんよろこぶのはカアチャンだ。

乃公、カアチャンの嫌いなこと、全部やめても、帰って来ない。いまは、ひとりぼっちに慣れた。どうも、風邪ひいたようだが、はっきりしない。なんだか、心細い。気慰めに、落語を演っている。これで、自分が笑うわけではない。笑ったら、気が触れたと思われかねない。永井荷風は芸名を持っている。三遊亭夢之助。師匠は朝寝坊むらく、と平仮名だったかどうか。同じ母校で、すこし年下の古屋健三に訊いたことがある。「『内向の世代』論」で慶應義塾賞を受賞したが、忘れたといっていた。「濹東綺譚」の作者が噺家でもあった――もっとも、家の反対ですぐやめたが。乃公、独り落語で、カアチャンいない空白の時間を埋める。荷風に倣って、立川談志家元に入門しようと思った。弟子になるなら、この人しかいない。が、談志家元の事務所に電話入れたら、会費取るという。金子ないので、やめた。

乃公、勉強、学校大嫌い。立川の幼稚園（ペンテコステ教会）、兄は通園した。母、乃公を連れて行こうとした。やだ、やだ、狂気の如く泣き喚き、地べたにひっくり返った。教育熱心な母も、さすがに諦めた。

小学校一年、担任は音楽専攻の男の先生。戦前だから、ABC《アーベーツェー》で教わり、わけが分らなくなり、音楽の時間になると、教室の机の下に隠れた。もう、落ちこぼれだった。四年生で、また音楽専攻の先生。この年、太平洋戦争勃発だ。この男性の担任、六年生まで〝持ち上がり〟。もう、軍国主義で体罰だ。三年間、音楽しごかれた。六年生のとき、東京都、男子斉唱コンクールで優勝。このグループ、二十人といなかったが、乃公も選ばれた。NHK、もちろんTVはない。ラジオのJOAK、第一で全国放送した。

小学校、計四年間、音楽専攻の先生だから、当時はクラシック。進学してジャズが身についた。カアチャン失せたが、現在は未練なくなり、むしろ憎悪するようになった。一回目に失せたとき、むこうは乃公の電話番号知っているから、あれこれ指図する。自分の電話番号は教えない。卑怯だ。この女の正体を見ぬいた気がする。厭な女だ。子がいないし、こうなったらほんとにおしまいだ。無聊《ぶりょう》の折、一席伺う。また「豊竹屋」の口三味線で、〝ダンモ〟。バイトだが、英国の盲目のジャズピアニスト、ジョージ・シェアリングのスタイル、ユニゾンで「聖者の行進」テンコーラス、アドリヴで演る。

　しかしな、今川。いまはいい。が、最期の床に就く。落語、ジャズできなくなったら……一杯の水欲しい。もう、流しまで行けない。突然死なら望むところだが、そうとは決まっていない。いまわの際で、誰が手を握ってくれる。一家の生き残り、乃公だけ。末期の水、口に浸してくれる者いなく、独りで死んでゆく。それを思うと、底なしの真っ暗な絶望感を覚える。手、わななきながら伸ばしても、虚空を摑むきり。身、戦いたまま、息絶える。

　おぬしはちがう。酒やめて、大人しくしていれば、カアチャンきっと帰って来る。それを信じて、待て。ここまで綴って、気落ちした。これ以上、書きたくなくなった。おぬし、長生きしろ。カアチャンに看取られて逝くまで、生きることだ。

　アディオス・アミーゴ・今川守一
　　　　　　　　月　　日　　風子阿睦

ウツで仕事ままならなくなった。抗ウツ剤嚥んでいるが、一日じゅう笑わないことがある。にこりともしない日が続く。ひとつには、金子がないからだろうか。前の町で、〝セイホ〟の支給額を認定されたが、三万なにがし。最初から低額だった。

当町に来て、ケースワーカーが替った。日記では、Mと呼び捨てにしている。五十がらみの女で、初め、電話でこれから行くといい、初対面の印象は無表情。原稿料がはいったら、報告することになった。

去年、ちょっと長い物を書いた。

書いているうちに、この出版社、編集部ばかりではなく、〝全社的〟に人事異動があったと聞く。これは替らない担当氏に原稿を渡し、著者校正もすませた。何の連絡もなく、原稿料の半分が送られてきた。ＪＡの信用金庫から、入金の知らせがあった。赤貧が日常なので、大いに助かるが、腑に落ちない。担当氏に電話して、もう、物忘れだらけだから、

「前借り、頼みましたか」

「いえ、これは貸与なんです」

貸与……訊き返さずに受話器を置いた。若い新編集長の計いか。Mはどうする。信用金庫に行き、現金を手にした。貸与だが、金は金。福祉事務所にダイアルをまわし、Mに出てもらって、

「きょう、入金がありました」

「そうですか。これから行きます」

これまで、定期訪問は全くなかった。これも、異例。この日、三十分もたたないうちに、車で来た。部屋にはいると、

「そのお金、何に使ったんですか」

「使うって……まだ使い途なんか考えていません。それに、貸与ですから」

「貸与ってなんですか」

「前借りじゃないですよ。貸してくれたんです」

ここまで、たがいに突っ立ったまま。腰が痛くなった。

「ま、ま、どうぞ」

座蒲団、一枚しかない。そこに、座ってもらった。

「前借りでなければ、やはり収入にしますから」

「待って下さいよ。編集でも貸与といってるんですよ」

「現金がはいったから、収入ですね」

思いついて、その出版社に電話をかけ、担当氏にいきさつをざっと話し、

「ここに来ていますから、説明して下さい」

「わかりました」

Mに受話器を渡し、

「担当の人です」

彼が何をいっているか聞こえなかったが、Mは収入をくり返した。この担当氏も、〝セイホ〟のことは知っていた。M、いったん口をきくのをやめ、

「替って下さいといっています」

受話器を手にすると、若くて太目の担当氏、

「なかなか、貸与を理解してくれないんです」

「そうでしょう」

「で、経理の者を出します」

男性か女性かは知らないが、経理の人とMの〝議論〟になった。この五十年配の女、収入で押し通している。察するに、経理も人事の異動があったのか、前借りではなく、貸与

だといっているようだ。

「では、そういうことに……替りますか」

「いや、いいです」

Mはいつもの冷然とした面持で、電話を切った。

「やっぱり、収入ということになりました」

相手が根負けしたのではないか。勝手にしてくれ、といいたかったが、黙然とマイルドセブンを喫んだ。

「あとは、年金で暮らすんですね」

Mは帰ったが、見送りもしなかった。

これが、去年の十二月のことだ。

年金は六十三歳から貰っているので、一ヵ月にならすと、四万なにがしかになる。〝セイホ〟は毎月、五日に支給される。

〝セイホ〟には鉄則がある。金を借りてはいけない。

今年の一月五日、〝セイホ〟、一万なにがし。一ヵ月のタバコ銭にもならない。あとにも先にも、支給額を削ったのはこのMというケースワーカーだけだ。日記では、Mを鬼婆ァと表記することにした。いくら片田舎の町でも、年金と合わせて五万なにがしでは、すぐさま不如意になる。ここにも、〝マーフィー〟がいたわけだ。

抗ウツ剤は一錠二十五ミリで、一日二錠。ウツが昂じたのか、原稿の枡目、ボールペンで埋められなくなった。二十五ミリ以上にしてもらおう。拝島の心療内科のクリニックに赴き、K先生の問診を受けた。この若いドクター、カウンセラーでもある。予約日前で、寒い日だった。

「こんどのケースワーカーですけど、女の人です」

書斎のような診察室で、三十代か。K先生には自殺未遂、離婚、〝セイホ〟を受けていることも聞いてもらっている。終始、微笑みながら、

「なんという方ですか」

「Mさんです」

「Mさんですか」

デイケア、ナイトケアも営んでいる先生、Mをご存じだった。

「あの、まだ掲載されていませんが、貸与という形で、編集部が原稿料の半額よこしました。貸与でも収入かなと思い、Mさんに電話でいったら、車で素っ飛んで来て、挨拶ぬきで、何に使ったんだというんです。先生、どう思われます」

「先を続けて下さい」

「そんなこと考えていないといいますと、領収書見せろっていうんです。確定申告なので、まとめてあります。これは、税務署相手ですから、彼女も文句のつけようがなかったんですが、先生のお考えは……」

「いえ、どうぞ」

「貯金通帳見せろといわれました。いくらなんでも、プライヴェイトなことなので断りましたが」

先生、ようやく口を開いた。

「そうですねえ。それはプライヴァシィに関わりますよねえ」

「日記には、ケースワーカーの鬼婆ァって書いています」

「鬼婆ァだなんて書いちゃいけません。で、どうしました」

「ええ。この一月から、〝セイホ〟、彼女に大鉈を振るわれて、そのためかどうか、モラール頓《とみ》に衰え、仕事も手につきません。いま取りかかっている物、しまいのピリオドを打つまでのあいだだけでけっこうですから、抗ウツ剤二十五ミリを五十ミリに、処方箋出して頂けませんか」

「一日、二錠ですか」

「はい」

「いいでしょう。でも、このクスリも安定剤の一種なので、すこし眠くなりますよ」

「わかりました。〝セイホ〟やめます」

「……それはそれで、ゆっくり」

帰路、夥しい方たちに金子を用立ててもらっていること、違法だが、やむを得ないと思った。Mにざまあみろといってやりたい。最も多く拝借しているのが、K先生にほかならない。二十五万――いっぺんにお借りしたのではない。二万、三万が積もって、この額になった。

まだ冬のうち、貸与の残りの半額がきた。Mにいうか、いわないか。考えて、税の申告を先に済ませた。鬼婆ァにたいする作戦だ。

そのあと、Mに電話した。また、車で駆けつけるような感じで来て、

「前回の貸与は借金で違法ですけれど、収入としました。こんどは収入ですね」

違法を収入といっている。M、自分で変だとは思わないのか。が、作戦に出た。

「貸与した出版社の支払調書、年間の支払いの明細書ですね、来なかったですよ。それなしでも、税金申告パスしました。税法は厳しい。これを、〝セイホ〟では収入とした。税法と〝セイホ〟の法律ですか。どっちが優先するんですか」

「……知りません」

知らないで、どうして収入と認めたのか。これ以上しかし、反論できない。支給を受けていると、なんだか立場が弱くなったような感じがする。まして、Mのことだ。どんな仕返しをされるかわからない。本当は、この鬼婆ァでなく、福祉事務所の考え方がおかしいと思った。

今回の半額の原稿料の支払通知書を渡し、

「これは、来年申告するんです」

何も返事をせずに、Mは部屋をあとにした。

貸与の半分ぐらいで、とりあえず年金生活を送っている各位に借金を返した。皆、一万、二万の小口。〝隣のミヨちゃん〟と勝手に称んでいる黒田美代子さん。〝差入れ〟もさることと乍ら、彼女にはK先生に次ぐ大金を拝借している。駒沢女子大学の教授だが、やはり一度にお返しできない。K先生と同じく、分割にさせてもらうつもりだが、ご両人にまだ諒解を取り付けていない。〝総代〟に二万、一万と三万円借りた。彼はかなり以前から年金生活者なので、この三万速達書留で返送した。彼も亦〝差入れ〟してくれた。中でも特筆に価するのは、四万十川のウナギと豊後の牛の佃煮だ。

どんぶり、ひとつある。「麦ごはん」（二〇〇g、大麦二〇%、¥一〇五）を電子レンヂで二分間。チンと鳴ったら、どんぶりへあける。ウナギ一尾載せると、頭のほうと尻尾がはみ出す。歯応えがあって、ぷりぷり噛める。このときは、麦めしがおかずになる。蒲焼とは全く異なる食物で、頗る美味の上、喰い出もある。

返金に同封した礼状で、拝後に「豊後の牛、中に入れてあった貴簡にて分るも、何故佃煮なる也。而《そう》して、その保存方法は如何」と記した。〝総代〟の返事。いつも乍らの名筆で、いまでもマスコミではBSEが問題になっているので、国産の牛肉と慮りました。また、老生もこれが佃煮かどうか判らず、ただ家内が生醤油のみで一昼夜ことこと煮詰め、時々水を差して薄味にした代物です。冷凍庫に入れ、召し上がりたければ解凍して、好きな量だけ取り、残りを再び冷凍すれば、長持するかと思います、という懇切な封書を落手した。

美代子さんには、〝差入れ〟の馳走の礼を述べ、何回も都合して貰った物、すぐにはお返しできない旨の詫び状認め、「先に利息だけでも、と雑誌のエッセイ同封しましたが、商売物で申訳無之」、とこの「ゆっくり」は〝総代〟にも送った。K先生、何かにつけ、ゆっくり《レンタメンテ》、で、これを今川からの素面の電話のとき、スペイン語では、と訊いた。早速、美代子さんからの葉書の返信。借金先延ばしの件については何も触れず、「私は仏文科出身なので、ランタマンでゆきます。かしこ」とあった。フランス語も悪くないと思った。Mに太刀打ちしながらの算段だった。それでも、いま取りかかっている仕事、また長めの物なので、そのあいだ居喰いになる。残り、半額の原稿料のうち、すこしだがとっておいた。この原稿、だがいっかな捗らず（金子があると、怠けがちになる）、年を越して、コイン単位の生計を立てる日が続いた。仕事そのままに、何が詰められるか、弱味のあるものはと考えあぐねる。マイルドセブン（¥二七〇）、一日一と箱だけ買うことにした。それもやめる羽目になり、怠惰を懲らしめる気持も加わり、食を削ることになった。それも、一日三食から、いきなり一食にして、めしを喰わない日々に到ったのは、原稿すこしずつこなすようになって間もない頃だった。スナック菓子、かっぱえびせんではないけれど、そのような物、一と袋百円で嵩はある。カロリーのみ高く、栄養は殆どない。それ喰って、耐えるしかない腰痛で運動やるわけなく、必要以上歩きもしないので、腹がせり出した。

とっておいてある現金、NTTと東電だが、三万円を超える。まだ、毎日冬日で、この部屋には、〝エアコン〟、電気の置炬燵、ここではちょっと大きい電気ストーヴがある。このみっつをいっぺんに点けると、ブレイカーが飛ぶ。電気炬燵を点けていない――足許寒いが、カヴァーの布もないから。電子レンヂは、電気ストーヴを消して、〝チン〟。

二日二た晩、原稿書くボールペンも擲《なげう》ち、ただ寝ていた。餓えは痛い。胃を中心に苦痛が広がり、全身ちくちく痙攣する。三日目、本棚の隅の小ぶりなバッグをふらふらあけた。この上にゴミを被せてある。ずいぶん前、いつだったか、ドアの鍵をなくしてしまった。一度、女家主に出て行けといわれている。鍵紛失しましたなどいったら、本当に追い出される。この中に、NTT、東電に支払う現金入れてある。誰がはいって来るかわからない。だが、この劣化した部屋に、これまで侵入した者は一人もいない。その形跡すら窺えない。掴み出して、出かけた。行きつけの〝コンビニ〟がある。これを喰おうと思っていた物を買った。まるで、餓鬼だ。トリの唐揚げ。そこの赤いベンチで、一と口齧って喚らおうとした。嚙み切れない。喰うのにも、体力が要るのを痛感した。寝たきり、痴呆、末期ガン患者等々、流動食とか胃にカテーテルの穴をあけるとか点滴になる。人の手を借りる。厭だ。トリ肉に前歯を立て、全力を込めた。一と切れ、口中にはいった。入念に咀嚼した。呑み込んだ。ネコ舌というのか、なんでも冷めたいのが好みで、店にある〝チン〟を頼まないから、肉がとても固い。

唐揚げの嵩を見て、溜め息の如きものが出たが、飢えの本能が勝ったのだと思う。そもそもは、Mに由来するが、存念が深く胸中にあった。三人の妻から、殴る蹴るの目に遭った。〝マーフィー〟には、薄っぺらな抗いは通用しない。よくよく相手を見る。この見ることを外し、自己認識を怠ると、手の打ちようがなくなる。

そういう目に遭った人にはむごいが、時間をかける――ランタマン。

小さな旅

月　日　曇り

心を閉ざして帰って来た。

きょうは、泌尿器科の検査があった。結果、白血球の値が、過去最高の四〇になった。ハリー・ベラフォンテの「さらばジャマイカ」。この歌詞の中に　A Little trip　というフレーズがある。ヒトは片道切符を鷲掴みにして生まれてくる。終点までの旅、引き返せない。終点に、なんとか辿り着く人たちが多いのだろうか。よく分らない。途中で仆《たお》れる人たち、けっこういると思うが、それはそれで、ひとつの終点。これ亦小さな旅といえなくもない。

値四〇の告知で、アパートの自分の郵便受をあけると、〝総代〟からの手紙があった。それ持って自室に入ると、吐く息が白い。コートも脱がずに、〝エアコン〟、電気ストーヴ点け、穿いたジーパンのままあぐらをかき、〝総代〟の封書を開いた。「敬白　早や、鶯の初音も、ついそこまでの候となりました。」サラリーマンだったからか、時候の挨拶から始まる。〝缶チュウハイ〟の集まりの知らせだった。日時、場所、会費三千円だった。三千円でも苦しいが、何やら気が軽くなった。会費捻出して、皆と久しぶりに会う。年に一度ぐらいだが、〝総代〟だからこそ、通知を出す先達役を押しつけられている。

ここのところ、腑に落ちないことがある。明日、〝コンビニ〟の店長に訊いてみよう。

白血球四〇。若き茶髪の担当医、じゃあ、バイキンをやっつけるクスリを出そうねといった。いまどき、バイキンをやっつけるとは、旧きいいまわしにあらずや。そんなクスリ、効くか――一週間分。

月　日　晴

きょうは、店長に訊かなかった。Pさんという女パートタイマーの接客態度、自分を避けているのではないか。それが気になっている。最近、その〝コンビニ〟のレヂ打ちを彼女がやっていて、自分も行列に並んだ。二、三人前になると、誰それさん、ちょっと替ってよといい、事務室に入ってしまった。彼女は店長の代りに、事務もこなしている。こういうことが、四、五回続けてあった。また、これも近頃、店に入って行くと、女店員一人だけで、客にコピーのとり方を教えていた。自分、誰かいないの、と声を大きく出した。奥の事務室から、Pさんがドアをあけた。自分を目にすると、ドアをしめて引っこんでしまった。なんだろう。自分、男ということもある。ましてや、晩稲《おくて》なので、おなごの好き嫌い全然分らない。女を買ったことがない。それに、これといった証拠がないので困る。Pさん、些か下ぶくれなるも、なかなか綺麗な人なり。

まずいことになった。風邪ひいたか。なんだか、躰じゅう皮膚をぞくぞく逆撫でされている感じ。この店にも長居せず、急いで帰って来た。まだ、風邪が治るクスリなし。

月　日　半晴

風邪から肺炎に罹り、小さな旅終焉になる老人多し。めし、一日ぶん抜き、風邪の諸症状を緩和するというパブロンゴールド（微粒）買って、クスリ屋で水貰って嚥んだ。ついでに、〝コンビニ〟に寄った。店長がいた。自らを励ましていった。店長さん、尋ねたいことがあるんだけど……。なんですか。事務室使わして。いいですが、なんでしょう。自分、中で質問することにして、狭い事務室に入った。あとから、店長。Pさんがいた。店長さん、Pさんに尋ねたいの。いいですよ。Pさん、すら、と立った。店長は回転椅子で、タバコをふかしている。自分、ねえ、Pさん。ぼくは客ですが、どこか嫌いなところありますか。客でも、厭な客はいる。ぼくのこと、好きじゃない。だったら、どこが嫌いなのか、厭なのか、正直に素直にいってほしい。納得できたら、改めます。わたし、辞めさせてもらいます。Pさん、唐突にいって、ドアをあけ、きっぱりと出て行った。店長、お前、脅す気か。何をいってるんだろう、この胡麻塩頭の店長。しまった、と思った。Pさんのプライドを疵つけた。三代に亘る妻で、懲りているはずだ。もう、手遅れか。彼女がいなければ、話にならない。事務室を出ると、店内にも彼女の姿はなかった。

部屋に戻ってからも、これからのPさんに打つ手考えつかず、思案に余った。一〇四で、このチェーン店の本社に電話——応対に出た女性に、事の次第ざっというと、お客様相談室へまわしてくれた。そのQさんという男の人に、訳を話したら、分りました。指導員に伝えます。よろしく、と受話器切った。が、こんなこちたきこと、どうでもいい。それより、風邪、寒気するが。仕事。風邪、小火のうちに火を消そう。

月　日　曇天

〝コンビニ〟は、正式にはコンヴィニエンス・ストアといい、便利な店といったほどの意味で、じっさい生活に必要な品々、あらかた揃っている。ただ、定価で売り、値引きはしない。ここの店も同様で、入ったら、Pさんいなかった。これも顔なじみのRさんに、Pさん、どうしたの。きょうは、お休みです。店長が表から入って来た。自分にまっすぐ近づき、顔をくっつけるようにして、お前、営業妨害する気か。……口がきけなかった。いいか、この店の品物買うな。黙って、なぜ、と心中で呟いた。分ったのかよ。返事できず、まだ茫然。奥から、カミさんが出て来た。警察呼びましょう。なんで、と思ったが、ずっと無言で立ち竦むのみ。Pさんが辞めたせいか。この店、事務までかなり彼女に委せているから、営業にさしつかえが生じたのか。しかし、警察とはなんのことだ。分らないうちに、早くもパトカー着。

降りて来た三人の警官が自分を取り囲んだ。中で主任らしいのが、お客さん、奥へ入りましょう。事務室と〝奥〟は同じ部屋。カミさんは来なかったが、店長がついて来た。自分を低い丸椅子に座らせ、三人、またぐるりと囲んだ。どうも主任に見える大男の警官、お客さん、あんたも大人なんだから、まあ、お店の人とうまくやって下さい。いえ、ぼくは何もいってない。いったのは、店長です。店長、咥えタバコで、ありゃ、言葉の綾だよ。主任だろう。お客さん、ね、ここはひとつ穏やかに、ね、穏やかに、とにたにたいった。ちがうんじゃないかといおうとしたが、田舎の司法は地元の業者を庇う。ここでの諍いは無駄だ。口を閉じて立ち上り、一人、店を出た。冷雨。咳、洟、重度の慢性腰痛。時速〇・五kmで歩きながら、そうか、きのう、指導員が電話で店長に何かいったのではないか。逆恨みということもある。

帰室。着たなりで、本社のQさんに電話——きのう、指導員の方に、店長にどういうことをしろといったのですか。いいえ、しろということではなく、当方にも守秘義務がありますので。守秘義務、ですか。私どもは、お客様の仰ることはお伝えしますが、指導員が直接何をいったのかは……。分りました。実は分らなかったが、電話切った。
腰を休めるために、仰むけになる回数が増えた。その恰好で一服しながら、〝コンビニ〟に行くとき、立ち会ってくれる人誰かいないか思いめぐらした。二人連れなら、店長、あそこまでいわないだろう。起き上がって取ってみたら、NTTの請求書だった。開封しないで、〝ドアポスト〟に目がゆき、何か入っていた。起き上がって取ってみたら、NTTの請求書だった。開封しないで、〝ケアマネ〟のSさんどうだろうか考えた。Sさんは所帯持だが、介護保険の若いケアマネージャーで、支援センターのヘルパーをセットしてくれる人。そうしようと電話――明日の午前十一時、車でアパートに来てくれることになった。

月　日　うす曇り
Sさんの車に同乗（違法だが、たがいに言わず語らず）、〝コンビニ〟に赴く間も、店長とのトラブルを話さず、彼も訊いたりしなかった。店長、不在。何も買わず、店を出て、Sさんと別れた。Pさんも見かけなかったが、本当に辞めたのか。
去年の秋頃からか、ゴミの有料化、当町のみならず、西多摩の広い地域がそうなったらしい。燃やせるゴミ袋、燃やせないゴミ袋、と広報の表記は正しい。その燃やせるゴミ袋が、洟をかんだハナ紙でいっぱいになりそうだ。本格的に風邪をひいたか。この新しいゴミ袋の大を買ったが、以前の小と同じくらいで、もうハナ紙でひとつのゴミ袋をまとめた。ゴミの出し方も細分化され、毎日のようにゴミを出す——自分のほかは。役場はゴミ・資源物回収のカレンダーを作った。まだ、貰いに行っていない。両方のゴミ袋で、床が見えなくなった。燃やせるゴミ袋のほうが多い。

・

月　日　晴れ

ハナ紙なくなったが、そのティッシュボックス買う金もなく、トイレットペーパーを使うことにした。もちろん未使用の一ロールで、汚くもなんともない。

思い屈して、〝コンビニ〟の立会い人、Mにしようかと考えた。頼みたくないが、この店で買い物できなくなると、日常の生活に多々不都合が生じる。彼女なら、店長の言動、仔細に見覚えるだろう。この鬼婆ァ、打ってつけなり。

風邪、悪化の虞《おそれ》あり。当室に備え付けの〝エアコン〟の暖房。越して来て足かけ五年になるが、一度も掃除したことなし。第一、掃除すること知らなかった。そのため、綿埃でフィルター目詰まりし、近くに寄って手を翳すと、ようやくぬるき風感じる為体。大分前、女家主に電話——〝エアコン〟、なんとかなりませんか。どうしたんです。暖房の風が出て来ません。掃除しましたか。しません。自分で掃除しなさい。なにしろ、機械オンチで……。そんな人、いません。常識で出来ます。その常識がないものですから。それじゃ、出て行ってもらうしかないですね。いえ、あの、常識ありました。掃除します。すみません。根が不器用なせいもあり、電球一個取り替えられない。電気屋に頼むと、手間賃払えない。以後、〝エアコン〟そのまま。もとより、風邪治るわけないが、これ以上ひき込むのを止める術なし――やんぬるかな。

月　日　曇り

Mに電話――訳話さず、〝コンビニ〟に同道する〝アポ〟をとる。最後に、よろしくお願いします。そうですか、分りました。簡単だ。彼女も女なり。プライドを擽ると、こういうことになる。あさってにした。彼女も亦、アパートまで車で来てくれる。

きょうは別の〝コンビニ〟に行き、帰ると東電の請求書、来。NTTの請求書もいっしょにあけてみた。両方足すと、約三万になる。殊に、東電が一万八千なにがし。〝虫の息〟の暖房が電気を喰っているのは明白なり。

咳、洟止まらず。常用している洟止めの鼻炎カプセル（ストナリニS）、これも買えないが、噤んでも効かないときあり。

月　日　晴

Mの車に同乗。助手席に乗りながら、またよろしくお願いしますといった。Mのプライド和やかになり、ハンドル捌きも鷹揚。きのうは、むかい合いの別の〝コンビニ〟に行ったんですよ。そっちにすれば、いいじゃありませんか。いえ、いま行ってない〝コンビニ〟じゃないと、葉書、切手も売ってないし、各銀行のATM、東電やNTTの支払いもできないし、コピーも使えないんです。

当の〝コンビニ〟、きょうも店長はいなかった。Pさん、いつも事務室か。やはり、何も買わず、店を出て、Mに頭を下げた。車に乗る彼女のうしろ姿、よく見ると目立たないが茶髪だった。

帰室、即電気ストーヴ、〝エアコン〟ON。NTTに電話――電話代、こんどの年金まで待ってもらえませんか。待てないということだった。何月何日から切ります。各出版社編集部の担当氏に知らせるのは、まだ早いだろう。

明日は泌尿器科の検査がある。

月　日　半晴

青梅の総合病院への往復の電車賃はとっておいた。

泌尿器科は二階にある。入院患者のための暖房は暑い。待合室のベンチで、ジャムパーを脱いだ。早起きした甲斐があった。クランケ、まだすくない。

「……さん」

診察室の女性看護師に名前を呼ばれた。ドアをあけ、

「お早うございます。失礼します」

入って一礼、担当医の傍の椅子に腰かけた。自分の検査リスト、上がって来ていた。

「おお……」

それを掲げて、この茶髪の担当医、

「きれいになった」

安堵したが、いやいや、安堵したことにしておこう。

「白血球の値は……」

「ん……一〇以下だから、正常」

バイキンをやっつけるクスリが効いたのか。

「いつもと同じクスリ出しておこうね」

「ありがとうございます」

ここまで、いくらイノセントでも、考えた——死とはなんだろう。括ってはいけない。括れば、きまって何かがはみ出す。死とは何かではない。たわけ者の自分にとっての死。まだ考えめぐらしたばかりで、当然自分にとっての生と死のあいだを往ったり来たりしている。自分の一生は、片道切符の小さな旅なり。が、前立腺ガンで死ぬとは限るまい。手さぐりで、自分、うつけたままでも死ぬという思いにゆきついた。白血球の値、正常とはうれしいが、いずれはくたばるとようやく考え定めた。前立腺肥大に拘泥《こだわ》っていた頃より、ぐっと気が人並みになった。

駅で降り、腰痛のせいのみならず、心持ゆったりと帰路に就こうとした。

「おい、お前」

うしろからの声。振り返ると、店長が歩みを詰めて来た。〝コンビニ〟の脇がアパートへの路。

「こいつ、俺を喰わしてくれんのかよ」

「…………」

「え、俺を喰わしてくれんのかよ」

八の字眉毛に垂れ目でも、眼前でぬ、と血相近づけられると、こわい顔になる。

「お前、何回いったら分るんだ。おれの店に入るなといってるだろ」

「……品物は買っていない」

「うるせえ。店にも入るなといってるんだ」

怒鳴られたが、刺激しないように、言葉を返さなかった。店に入るなとは聞いていないが、それもいわなかった。

「こんど店に入ったら、極道働って動けないようにしてやる」

凄まじい見幕になった。目を伏せた。公道だった。

「分ったのかよ、お前」

「…………」

「え、こいつ、分ったか」

背を向け、足を早めた。腰を庇っていられない。喰わせてくれるのか。本社の指導員がまた何か、辞めろとでもいったのか。自分、指導員に何もいっていないこと、店長は知らない。〝ケアマネ〟、Mとこの店に入ったが、いま恐喝した店長はいなかった。Pさん、自分たちを見たか。自分を見覚えている店員のRさんかほかの〝パート〟の誰かが、極道を働う顔つきになった店長に告げたのか。

単なる脅しではあるまい。全身が怯えに呑まれた。

白血球のこと、思いの埒外になったように、部屋に帰ると、本社のQさんに電話——あの、ぼくですけど、手を引いて下さい。唐突なのは知っていたが、彼にいった。……そうですか。事情を訊かなかった。やれやれ、と思っているのかもしれない。それで、指導員の人には、今後、店長に何もいわないように伝えて下さい。はあ、お力になれなくて、申し訳ありません。

忘れていた。暖房、電気ストーヴ点け、東電に電話——NTTと似た返事が戻ってきた。NTTと同じ頃、電気も止められる。まだ、冬日が続き、夜は長い。風邪こじれ、夜分は原稿書けなくなる。真っ暗な中で、どうすればいいのか。考えようがなかった。冬になる前に、取りかかっている物、仕上げるつもりでいたが、電気炬燵の中の物を片づけずにすむ。電気止められなくても、点けられない。

沢山の床のゴミ袋の上に、どさ、と外出着のまま、仰むけに乗った。うわ、と大の字で声を出す。一服したいが、さすがに雲の上に似たゴミ袋で、灰皿もないし、タバコはやめた。目を閉じる。〝マーフィー〟の大勝利か。なんだか、充足した心持で、頭の中、ゴスペル、Oh, when the saints go marchin' in～と、身に触れる物、ぶっ飛ばし、蹴っ飛ばし……。

火

1

去年の十二月三十一日。大晦日だから、覚えやすい。

当日の夕方、たったひとつ、この劣化したアパートの部屋をあたためていた電気ストーヴが点かなくなった。これはだが、偶然にすぎない。

この八畳ぐらいの板敷の空間の部屋代、一ヵ月四万三千円だが、ほかの暖房は備え付けのエアコンと仕事机を兼ねた電気炬燵だった。エアコンはクーラーしか出ない。なおす金子などない。スライド式の電気炬燵の内側は、スクラップ、資料、色いろな原稿でぎっちり。スイッチ点けられない。片づけるには、体力を要する。第一、喰う物を買う金子がなかった。あるのは、中学、高校時代のクラスメイト二人の差入れ。うち、一人は〝総代〟で、切り餅中心に、新年をささやかでも迎えられるように、ゴマメ、数の子、伊達巻。もう一人は、パルタイの中川で、党員歴が長く、律義者の子沢山。チンして喰えるライスをはじめ、皆袋に小さく分けたふりかけ、野菜のふくめ煮。なんとなく、庶民的だが、夫婦で世界一周を二回やっている。

切り餅は、〝総代〟の配慮か、内儀の計らいか、より小ぢんまりと食しやすく切ってある。中川のライスは戦後に出現したのか。上げ底で、嵩はすくない。両方とも大晦日までに、〝オカズ〟だけ残った。

今回の危機はしかし、喰い物ではなく、暖房がなくなったことだ。年賀状を書く体力も原稿にまわした。当然かもしれない。金子がない。体内から熱くなるエネルギーが心もとない。で、午前二時から三時頃に入眠する。その日の睡眠剤、安定剤を眠前三十分に一度に噛む。エネルギーの淵源は食物にほかならないが、二人の差入れのオカズ、どれとどれを食するか。

TV、新聞ないから、きょうの最高、最低分らないが、体温の保持と仕事の維持に心がける。もう、ずっと外出着で、着替えない。

考えて、夜の八時頃、喰い残した伊達巻とふりかけ一と袋、口中より胃へ入れた。ふりかけは一気に舌に載せ、唾液で溶かすと、旨味が味わえ、それをまたコップの水で飲むと、何か喰った感じがする。それでも、伊達巻もゆっくり噛んで、食事、二、三分で終了。

ヒモジサトサムサトコイヲクラブレバ

ハズカシナガラヒモジサガサキ

この中で、物を喰う恰好が最もあさましいと思うが、それでハズカシナガラが生きてくる。欲望が餓えばかりになると、伊達巻、ふりかけを見ただけで涎が出て来る。喰っている間、卑しい涎が絶えない。これのみでも、見っともない。口の外まで流れ出る。

もうひとつの暖があるが、自炊せず、ガス（ＬＰ）ひいていないので、風呂は論外だ。

そういえば、ＴＶがないということで、腹癒せにＴＶの悪口をいう。それも、ＮＨＫに集中する傾向がある。紅白歌合戦のあと「ゆく年くる年」。万遍無くがミソで、〝全国区〟のネットで、各地の名刹、百八つの鐘、これはいまどき貴重な生中継だろう。一寺一分というのもあるのではないか。寺側はＰＲしたい下心もあるのか、前日から〝絵〟になる一分間のトレーニングに励む所もあるのかもしれない。まさか、参詣人はヤラセではあるまい。で、善男善女の初詣。毎年だから、どうしてもマンネリ化する。元日の夜中から、年中行事。これほど偉大なるマンネリ、民放各局にあるだろうか。もう、いい。沢山だ。決まりきっている年中行事はやめてくれ。電気がもったいないと悪態をつく。が、そこで、ふ、と立ち止まる。心の隅に、年中行事の好きな自分がいるのを、このさい白状しなければばならない。三代に亘る家内の中で初代、二代目と、NHKラジオの年中行事に無縁だった。

三代目といちばん長く暮した。三十九歳と二十九歳がいっしょになり、それだけ自分も歳とった。TVはカラーになっていたが、大晦日のNHKは見なかった。元日はしかし、雑煮を喰った。東北生まれの彼女に、東京風のを説明した。豆撒きもやった。大の男がフクハウチと、サッシのガラス戸あけて、庭へも豆を投げる。これには勇気を必要としたので、先にビールの中壜何本か飲んだ。彼女は真剣な面持でフクハウチ。こどもの日は、シヨウブ湯。盆は彼女の実家へ行った。岳父の供養で、三人のきょうだいと、その亭主、嫁が集まる。自分たちのほかは、子供もいて、夕からの飲み喰いが楽しくてならなかった。すでに、自分の親きょうだい死に絶えたが、最初に兄嫁が亡くなった。生き残った自分、家族のいない切なさも手伝ったのだろうか。冬至のユズ湯。カボチャも喰った。NHKの年中行事をくさすのは口先だけ。内心では、この諸もろがいつまでも続くように願っていた。

フルサトヘマワルロクブハキノヨワリ

現状はそれどころではない。大晦日、体熱だけで寝られるか——睡眠薬、安定剤嚥んで。

いまでは、あまり不眠症とはいわない。症では病気になる。不眠は病気ではなく、睡眠障害と呼び方も変った。

ロフトで寝ると、これにやられる。何ものかが、入眠を妨げようとする。ずいぶん前から、流しとユニットバスのあいだの狭くて、細い板の間で寝ている。ここでも、一回ではたいがい眠れなくなった。また起きて、抗ウツ剤のタブレットを噛む。それが、二時とか三時。これも、増量すると一種の安定剤になる。タブレットだから、一ｔｂで二十五ミリ。それを六ｔｂｓ呷る。百五十ミリ。着たなりで、ロフトの厚手の毛布かぶり、仰むけになる。もう、い、い、いざりになるしかない重度の腰痛を庇う。足の先から、冷えた震えがのぼってくる。この抗ウツ剤のほうが早く効くか。必死の競争で、この夜は辛くも六ｔｂｓのが気温に近い室温に勝ったようで入眠できた。

2

あくる日、元日。

この日、何をしたか、何を喰ったか、金子はいくらあったか。たぶん、コインきりだろうが、皆目失念。ただ、一階にある自分の郵便受けをあけた。輪ゴムでまとめた年賀状。

年々うすくなる。いずれ、出せないワンノブゼムになるが、まだ年賀状買っておいた。しかし、きのう、きょうと書いていない。書くモラールもさること乍ら、何が目出たいのか分らなくなっている。

翌二日のほうが、よく覚えている。喰い物なくなったこと。金子百二十円。タバコも買えなくなったこと。一日夜も、いや、ほんとは二日の未明前、深夜、なんとか入眠。そのかわり、抗ウツ剤嚥み尽した。ちょうど、六tbsあった。八時頃起きたか。寝不足の感じはしない。神経がどうかしてしまったのだろうか。

また、とっておいたふりかけ。一袋嚥んで、水を飲む。正午前から、寝た。クスリは効いている。三時頃起きた。まだ、明るいが、冷気で全身が震える。上歯と下歯が嚙み合わない。ガチガチいわせながら、毛布を肩から掛けた。心細い一服。そうか。閃いた。梱包。いまだに、かなり荷ほどきしていない。そういう大きいのではなく、小ぶりで丈の低いダンボール箱があった。

風邪治っていないせいもあって、洟いくらでも出る。洟をかんだティッシュペーパー、燃やせるゴミ袋に入りきらず、溢れてこぼれ落ちている。町の広報誌に、正月三が日は回収しないとあった、と記憶する。確認するのは面倒だ。このティッシュを、からのダンボール箱に入れて燃やそう。底を見ると、新聞紙が敷かれてある。それに、ライターで火を点けた。ティッシュをすこしずつ燃やしたら、安全に暖がとれる。新聞紙のめらめらに、洟をかんだティッシュを二、三投げ入れた。たちまち、あったかくなる。これらを灰にすれば、紙屑も片づく。あれ。ダンボール箱そのものの炎が上がっている。まずい。傍にあった何かのボール紙で、火を叩いて消そうとした。ボール紙に火が移った。いけない。といっても、消火の手だてをしらない。縦にふたつに割れて、ガムテープを貼ったコップ以外に、このおんぼろアパートの部屋にある唯一の食器、どんぶり。それへ、流しの水道の水を入れて、火に投げかけた。何回もやった。消えないどころか、壁のあちこちから火と煙が出て、ロフトの高い天井へ立ちのぼっていた。しまった。どうして壁が、と考える前に、この煙は〝毒ガス〟だと思った。新建材が燃えると、火より毒ガスを吸って、倒れる人が多いと聞く。とっさに、一一九番することにした。が、熱い。ダイアルを廻せない。靴下のみで部屋を飛び出し、腰痛なのに走って向かいの家のドアをあけた。常日頃はたがいに挨拶もしないが、奥さんらしき女の人がいたので、

「すみません。一一九番かけて下さい」

意味が通じたかどうか、分らない。なぜ、自分でかけなかったのか。これも、考えなかった。

そのあと、どうしたのか覚えていない。

アパートの左隣は空き地。ただの空き地ではない。コンクリートが打ってある。そのまた隣がこの町の消防署の第二分団。次がビデオ屋で、もう岩蔵街道に面している。向かいが、小山不動産屋。小山は家主の代理人だ。こんどは、普通の空き地が隣合っている。祭のときは、ここが神酒所になる。

どういうわけか、この空き地に停車した町の消防車の中に、自分一人、つくねんと座っていた。窓からアパートに目をやった。黒くて、濃い煙が、空へまっすぐ伸びている。風がないのだろう。

いつからか、部屋のユニットバスの外側の壁に穴があいた。寝ていて、肱か膝がぶつかったようだ。ははーん。壁の中、というのも奇妙だが、壁自体むくではなく、からっぽ。しげしげ見るに、壁もおそらくビニールで、厚さ二、三ミリ。壁紙は木目のように印刷したこれもビニールだろう。ユニットバスも鋳型にビニールを流し込んで、冷えたらスポと抜いて出来上り。こうでもしないと、部屋代四万三千円にならない――実質四万。これでは、毒ガスの量も多くなる。三千円は共益費。

銀色の防火服か。何人かの都か町か混合か。消防の人たちがヘルメットもかぶって、ドアの外から火の内部に放水している。ひとつ、大事なことを忘れていた。ドアをしめなかった。この出入り口から余計酸素が入り、部屋がより以上に燃える。

ぬかったと思ったが、車を出る気はなかった。呆んやり、消火活動を眺めていた。下火になったようだが、煙はもくもく変りなかった。部屋の一切がビニールだといいたい。あ、急いで、ジャムパーの上から全身を調べた。火傷はおろか、かすり疵もないらしい。どこも、痛くない。ジャムパーも焦げていない。また、アパートに視線を向けた。ほかの部屋への延焼。アパートの全焼。身の毛がよだつような思いで、見確かめようとしたら、誰が知らせたのか、車の開閉できる後部から、ケースワーカーの女、Mが入って来た。

顔も見たくない、声も聞きたくないほど大嫌いな中年女で、

「すみません」

ともいわなかった。彼女も無言で、

「大変でしたね」

の一言も口にしなかった。

「怪我しませんでしたか」

ともいわない。相変らず無表情。それでも、

「都の消防車も来ていますよね」

といったので、

「警視庁の車もあります」

指さしてみせた。言葉遣いは、たがいによそゆき。

「それで、今夜の泊る所ですけど」

これを、不幸中の倖いというのか、焼けたのは自室きりで、鎮火したようだった。

「これから、いっしょに行ってみますか」

「いいですよ」

Mの軽自動車に乗り移る。けっこう走った感じがした。途中で、日が暮れた。

「まだ、この町ですか」

「そうです」

もともと、口数がすくない。着いて降りると、大きな建物をヘッドライトが照らし出した。Mのあとについて、入る。広い座敷だ。暖房がある。呆けたように突っ立っていると、彼女がいったん姿を消した。次に、石油缶の如き物、二た缶持って来た。女の力で運べるのだから、灯油などではない。

「役場からの支給品です」

「…………」

「外から鍵をかけますから」

どうでもいい。どうせ、もう外出しない。Ｍが去ったあと、すぐに石油缶に似た物、片方をあけた。クラッカーが隙間なく詰まっていた。ビニールの小さな袋。一と袋何枚か。もう一と缶もそうだった。きょう、何を喰ったか、とっくに忘れているが、昼めしは食していない。蓋に印刷物が貼ってある。読んで、うすい塩味なのが分った。喰ってみる。やっぱり、ビスケットの一種だ。塩味でも、芯が甘い。あぐらをかいて、さくさく口に入れながら、広い日本間を見渡した。十畳か十二畳あり、出窓に和太鼓が載っていた。大き目のＴＶ、畳にじかに置いてある。点けた。独りでＴＶ見るのも五年ぶりか。肱枕で、クラッカー次から次へと口に入れ、リモコンでチャンネルを変える。一月二日の夜分ということもあったか、各局とも正月らしい番組。12チャンネルは毎年、一日じゅうか、チャンバラをやっている。なんだか、演出からしてうすっぺらなので、通して見たことはない。新しいことが分った。民放、どれもバカバカしく、つまらないが、平日同様二十四時間たれ流し。ＮＨＫはどうか。チャンネルを廻した。何の番組か知らないが、放送している。もとより、笑えない。ＴＶのためではなく、自身気むずかしくなっているからだと思う。火を出したのを奇貨として、期するもの、試してみることにした。ＮＨＫは時刻を確認するので、点け放しのまま、大の字になり目をつむった。

　いつから眠っていないのかも、定かではない。しかし、明らかに寝不足だ。クスリを嚥まずに眠る。これが、期するところだった。

とどのつまり、入眠できなかった。よほどの睡眠障害か。それとも、まだ不眠ではないのか。

目をあけて、上半身起こした。NHK、終らない。クラッカー、すこし飽きてきた。NHKの正体見たり、と思った。これも、二十四時間放送。耳鳴りと頭痛がひどい。躰のほうから、不眠を知らせている。目を閉じて仰向けになり、眠りを待つのもかったるい。

三日になった。眠気覚えず、NHK、二日のしまいの番組に引き続いて、朝の六時より放送開始。不思議なことに、Mが来るのを待つ気は一向になかった。午前中はクラッカーが喰えた。が、カーテンをあける気力もない。リモコンで、各局も見た。バカなタレントをバカタレと称している。民放の番組、バカタレどもが横行している。ひとつには、安くあげるためだろう。殆どがビデオの録画だ。疲労感もあって、リモコンいじるのも億劫になってきた。で、NHK。なんだかむかつく。NHKだからではない。意外だったのは、午後だと思うが、東西寄席の中継で、これは生のはずだ。まだやっているのか復活したのか、かなり見た。いや、視聴か。初めは〝東〟で、新宿、末廣亭か。どこだってかまわないが、トリは小三治。途中でチャンネル変えたくなったが、厄介だ。ガマンして「初天神」をうつろに見聞きした。ついでに、〝西〟だが、関西にはどうしても馴染めない。それに、右耳が慢性中耳炎で、そのくせTVの音を大きくしないせいもあって、テムポの速いしゃべくり漫才がよく聞きとれない。

TVそのままに、左下、右下と横になって目をつむってみたが、いっかな眠れない。そうか。そうなのか。それなら、それでいい。いつまで起きていられるか。TV、NHKにして、横になる。

クラッカー、喰えなくなった。反対に胃液がこみ上げてきた。おそろしく酸っぱい。流しもコップもあり、気休めと思いながら水を飲む。胃のクスリも焼失。この辺り、もっとひどいことを意識していない。

三日も不眠。不休はない。部屋では、這って移動している。この日もMは来なかったが、おかしいとは思わなかった。

深更、吐いた。

3

四日になって、正午前か、Mが来た。

この日まで、ヘンだと思うより、ゆうべも一睡もできなかったことが気になっていた。

Mは立ったままで、

「これから」

それを遮ぎって、

「胃の調子がよくないんですよ。それから、精神科のクスリも全部燃えたので、青梅の総合病院へ先に行きたいんですけれど」

「分りました」

昨夜、もどしたことはいわなかった。きょうも車で来たので、同乗した。診察券も何もない。精神科は予約制になっている。それだけ、精神、神経、おそらく睡眠障害のクランケが増えている。なぜだろう。

きょうは、予約の担当医ではなかったが、胃と同じく、クスリのみでよかった。軽でもカーナビがある。

そこへ、背広にネクタイの若い男の人が来た。助手席に乗ったぼくのほうの窓をMがあけると、挨拶もせずに、

「あのォ、いまから、火災の現場検証をやりたいんですが」

まだ、午前中だろう。Mに相談せずに、

「時間かかりますか」

「そうでもないと思うんですが」

この青年、役場か消防か。それも訊かなかった。が、これは大事なことだ。青梅総合の精神と胃は、クスリだけなので、午後でも出してくれるのを知っていた。

「いいですよ」

Mも連れ立って、青年の運転するワゴン車に乗った。小山不動産屋の前で、青年と自分が降りた。Mには、

「ここまで、車持って来てくれませんか」

図々しいと思われたかもしれないが、彼女にはもっとひどい目に何回も遭っている。名刺もよこさない青年、

「あそこです」

見ると、コンクリートを打った空き地に、消防関係と警察と思われる一団がいた。ドキ、とした。ダンボール箱で、ティッシュペーパーをくべたとはいえない。下手すると、両手がうしろにまわりかねない。青年、いつの間にか失せた。自分はその集団に顔を突っ込んで、明るく、

「どうも、ご苦労さまです」

警察か消防か、見た目では分らないが、チーフと思しき人が、

「いまから、現場をやるんですが……」

じっさいには、現場検証などといわない。

「部屋を見てみますか」

「いえ、けっこうです」

ほんとに、目にしたくなかった。その衝撃は一度にきた。丸焼け。原稿、辞書、メガネ、資料、ルーペ等々何もない。

「これが、おたくの部屋ですが……」

立ち机の上に、一畳ほどの黒板があり、そこに自室の見取り図、むしろ俯瞰図が白いチョークで描かれている。内心、唸った。じつに正確だ。自分にも訊かず、よくここまで、手に取るように復原したものだ。

「火はどこから出ましたか」

「ええと……炬燵の向かいの」

それは、ちがう。先が続かないし、自然発火になってしまう。

「あ、いや、右横に燃やせるゴミ袋があったんですが、目を上げると、そこから火が出ていた、と思います」

「寝タバコですか」

「いえ、クスリで眠るので、寝タバコはやりません」

「でも、タバコですね」

「よく消さなかったのかもしれませんが、見ていなかったので……」

より強い衝撃感に打たれた。

「あとは、わたしどもの仕事ですから、もう引きとってもかまいませんよ」

案外、短い質問だったので、

「すみません」

やれやれと一礼した。不動産屋も家主もいないらしい。会っても謝るしかない。目下は弁償などどうにもならない。

ふらついた足取りは、寝不足のためか。Mの車が目に入った。よたよたと近づき、また助手席に痛い腰をおろした。

「青梅総合よろしく」

彼女は返事をせずに、車を発進させた。

青梅総合、胃は各分野に細分化されたので、更にその総合内科。それから、二階の精神科に行くと、廊下で担当医のDr.のっぽに偶会した。この若い先生、背が高くて、なんだか首も長く見える。剽軽《ひょうきん》な顔で、思いのほかやさしい。あ、と頭を下げて、

「きょうは、予約の日ですか」

「いや、外来の処方箋だけ出すの」

「部屋が丸焼けになっちゃって」

「え、火事……」

「ええ、はい。で、クスリも焼けたので、出してもらいに来たんです」

ずっと眠っていないことはいわなかった。

「そりゃ、大変だったねえ」

Dr.のっぽ、次の予約日までの処方箋を、他のクランケたちのより早く出してくれた。

案じた通り、薬局で待たされた。Mが連れて行く先を知らないが、雨露凌げる所だろう。あと、話すこと何もないので、訊いてみた。

「どこへ行くんですか」

「青梅の……です」

Mの西多摩福祉事務所はここ、青梅にある。青梅は、いわば彼女の地元だ。

「個室ですか。二人以上ですか」

「個室はありません。……さんは二人部屋です」

「相手の方は、もう入っているんですか」

「キリマンジャロの方です」

キリマンジャロ……コーヒーのブランドで耳にした覚えはあるが、国名としては初めて知った。

着いたときは暗くなっていたが、玄関に入ると、あたたかかった。何階建てだか分らないが、全館暖房だ。

Mが案内したのは、一階の二人部屋だった。いた——キリマンジャロ。色が黒くて、ずいぶんと肥えている。

「こんばんは」

テーブルをはさんで、そういって腰かけた。Mは右横の中央に座った。彼女がキリマンジャロの肥満体《ファッツ》の耳許に囁いた。彼が伝法な口調で何かいった。耳鳴りが絶えないこともあって、よく聞こえない。しかし、最後のフレーズは分った。

「……このフンコロガシ」

これは、日本のどこかの相撲部屋に通っているのではないか。いまは外国人力士が強い由。

考えを変えた。英語はどうだろう。キリマンジャロがどこにあるのかはどうでもいい。アフリカならアフリカでいい。小さい頃、母国をたって、アメリカで一と旗揚げようとした。それがうまくゆかず、来日。どこかの相撲部屋に通っている。おぼつかない英語で「英語話せますか」と訊いた。また、早い口ぶりで、英語でも日本語でもない返事。が、しまいに「このフンコロガシ」。よくよく聴くと、どうも関西弁のべらんめえみたいだ。関西のどこかで、相撲の修業をしたが、ウダツが上がらず、東京へ来てみた——いや、角力は東京が本場ではないか。Mは全くの無言。両方とも、まだ名乗っていない。

そこへ、白衣姿の男の人が、これも口をきかずに、Mと反対側に腰をおろした。この人、寮長かここの専属の医者ではないか。ずっと眠らないのはMにもいっていないが、そのMは紹介もしない。キリマンジャロの太目《ファッツ》がべらべらといって、「このフンコロガシ」。中で一ヵ所、分った日本語があった。「回転寿し」。そうなんだ。力士志願ではなく、回転寿し屋で苦労しているのか。

「分った」

立ち上がって、色の黒いキリマンジャロファッツに右手を差し出した。

「回転寿しの店で働いて、いずれは一軒の店を持ちたいんでしょう」

ファッツは座ったきり、握手しようとしなかった。白衣の中年の男がいなくなったが、すぐに喰い物の膳を持って来て、目の前に置いた。

白衣の医師か、物静かに、

「食べたほうがいいですよ」

「はい。頂きます」

　めしとおでんを、無理矢理口に詰め込んだ。胃のクスリがある。見栄も外聞もない。おでんの煮汁も飲んだ。食事を終えると、Mの姿はなかった。医者か寮長らしき白衣が黙って膳を下げると「もう、寝ろ。フンコロガシ」。もちろん、といいたくないが、ついにクスリ抜きでは眠れなかった。このルームに続いて、二段ベッドの六畳間がある。クスリを嚥んで、下のベッドで呆気なく入眠。

　あくる日、五日。

「おい、七時だぞ。このフンコロガシ」

　ファッツの胴間声で起こされた。

「風呂に入れ」

　朝風呂は、この寮の規則か。〝先輩〟のいうことをきいて、五年ぶりの入浴。風呂から上がって、脱衣所のハンガーに懸かっていたバスタオルで身体を拭いた。ファッツがガラス戸をあけた。

「風呂の中で、小便したか」

「しませんよ」

「あれをやると、気持ちいいんだよな。なんだ、こいつ。おれのバスタオル使ってやがる」

平手で、頭──脳天を強くはたかれた。寮という集団生活に、暴力ありか。

「おまえのはこの白いのじゃ」

白いバスタオルを放ってよこした。ほかに、パンツ、上下の肌着から、ジャージのトレーナー、トレパン。これだけで、寒くない。これでしかし、すっかりG・I──ガヴァメント・イッシュになった。

もとの服を着ると、空腹感が湧いた。白衣がふたつの膳を持って、また静かに入ってきた。Mのことを訊くより、先に朝めしを喰いたかった。白衣去り、ファッツとさし向かいになった。どんぶりめしだが、みそ汁と同じように熱く、納豆と海苔がなくても、ほかほか喰えたと思う。白衣が黙然と膳を下げると、入れちがいのように、Mが姿を現した。

彼女の車でここを出たので、お払い箱になったのだろう。あの白衣の目が、自分を不合格にした。

「こんどのは、どこに行くんですか」やはり、助手席で訊いた。

「ちょっと遠いんですけれど……」

ぼくの耳許に口を寄せて囁くようにいった。息が腥《なまぐさ》い。ここの売店かどこかで、自分だけタラコの握り飯を喰ったのではないか。

「あのキリマンジャロの人は何をやってるんですか」

「キリマンジャロじゃありません」

「白衣を着た人は……」

「副寮長です」

「もう一人はキリマンジャロていったじゃないですか」

「規律に厳しい寮長だっていったんです」

4

寮長、副寮長をまちがえたショックも大きかった。しかし、焼け失せた数多の中でも、あまりにも重く、取り返しのつかない物を、いまになって次々と思いだした。

燃える壁、衣類、アルバムより桁違いに深い喪失感があった。阿川（弘之）さん、大久保（房男）さん、大学でただ一人の恩師、永戸（多喜雄）先生各大先達のお手紙、つき合いかけて別れた美少女、いまでも忘れられないそのスナップ一葉、もう手に入らない書物、例えば江藤（淳）君の署名入り「夏目漱石」（勁草書房）の初版本等々、諦めるにはかなりの年月を要すると思った。

「きょうは遠いんですか」

「そうですね……青梅よりは遠いです」

口をきいていたほうが、かえって気が楽な感じがした。クラッカーどうなったか訊こうと思ったら、皮肉なことにMが行こうとしていた建物に着いた。

管理人とネームプレートにある部屋に入る。女の人がテーブルから立ち上った。女寮長だ。これは、外れていなかった。神妙に辞儀をして、

「……と申します。よろしくお願いします」

五十がらみの彼女は、

「寮長の山川です。ここの皆さんの面倒を見ています」

「すみません。腰痛で立っていられなくて、この椅子に座っていいですか」

「どうぞ……ここは、元女子寮だったのね。あなた、臭いわねえ。着ている物が汚いんだわ」

二間の奥の間から、何やら投げてよこした。

「全部着替えなさい。ジャムパーもズボンも穴だらけ。タバコの焦げ跡ね」

「あの、きのう着替えました」

「肌着だけでしょ」

トレーナー、トレパンはいわなかった。それより、ようやく分ったと思った。Mが八方手を尽くし、自分にかまわず、担当する寮に電話をかけまくっていたのではないか。ここもG・Iだが、NPOかどうかは分らない。

「いま、すぐお風呂に入って」

「あの、けさ入ったんですけど」

「なんだかんだ、つべこべいわないの。ヘリクツこねたら、ここから出て行ってもらうわよ」

彼女がブザーか何か押した。Mは口をつぐんで立っているきり。二、三人の男がわらわらやって来て、自分の肩取り腰取り、まるで狩りをした獲物を運ぶように風呂場の引き戸をあけた。ここも一階だ。うす暗い更衣室。ほかに入浴している者、誰もいない。

「全部脱げ。このジャムパー、ズボン捨てるから」

リーダーのような男がいった。

「でも、替わりに着る物がないので」

「がたがたいうんじゃねぇ。やっぱ、お前臭えぞ」

ほかのあらくれどもも、口々に「臭え」「臭え」といった。すぐに手荒く、丸裸にされた。男同士でも、恥かしかった。

「まずシャワーを浴びて、風呂に入れ」

銭湯の半分ぐらいの湯船だった。一人、なんだかこわごわした及び腰で湯に浸かった。

首から上をひょこんと出して、この先どうなるんだろうと、うつけたように思った。

「長湯は躰に毒だぞ」

リーダーの怒鳴り声が、エコーとなって響いた。

灯

1

また施設に住んでいる。最初の施設から数えると、四ヵ所目になる。ここは静岡県沼津市。代表取締役は五十男で、Pという。寮長と同じ役目だ。

フラマンA棟とB棟がある。両棟五階建てで、ぼくはB棟の四階だが、A棟に行ったことはない。PはA棟からクルマで来る。ほとんどが金子《きんす》に関する話だ。いつも怒鳴って、こわい顔で催促する。

住人は皆個室にいて、部屋には洋式ベッドがあると思う。他の部屋を覗いたことがないからわからない。分厚い金属のドアを開閉し、鍵をかける。ぼくは鍵をかけられない。失くした。この間口二、三メートルばかりの四角い洋室に入ってくる者はいない。盗んでいく物は皆無。備え付けのテーブルは小さく、ペラを置くのがやっとだ。ペラは四百字詰原稿用紙の半分で、ほかに色々な物をごたまぜに載せているから、テーブルの上板が見えない。床は木造に似せたビニール張り。荒涼としている。

このD十三号室は四階で、ぼくのいる部屋から眺めると、まわりになんにもない。荒涼としている。ひとつ、正面にあるのは何かの工場だが、部屋の二枚のガラス戸からでは、全体が視野に入りきらない。どこの工場もそうらしいが、建物に金をかけない。ここの屋根もスレート葺きで、黒ずんでいる。かなり前に建てたのだろう。二階建てで、四階からの目の高さが工場の二階と水平になる。そこの片隅になんだか赤くて、いやにでかい物がある。縦に長い窓が連なり、薄いカーテンは閉められたり閉められなかったり。これは作業員がやっていると思う。でも、彼らをあまり見かけない。昼間でも灯りを点けていない。一階は窓が二、三あるだけで、事務室か。カーテンが垂れていても、透けていて、この得体の知れない赤い物体があることが分かる。動かない。奇妙な機械と仮定してもいいが、これを操作する作業員はいない。よく見ると、ツツジの古木のような姿だ。機械ではない。では、何か。

視線を転じると、このメインの工場と考えられる建物よりふたまわりほど小さいふたつの工場が離れて建っている。そのまわりに、緑の生垣がある。生垣は塀とも思えるもので、両工場とも同じ敷地内だ。敷地がどのくらいあるか、不明。ただ、生垣がこぢんまり見えるので、ずいぶんと広いようだ。

生垣の手前に、三角形にいくつか固まって、普通の電球色の灯が点く。点滅する。消灯もする。

小さい工場ふたつの間を、同じ普通の電球色で、これも三角の物が点灯して動く。左右に移動する。そんなに速くない。時に点滅する。どっちの工場でも、陰に入るから、その先は見えない。なんだか、小型のトロッコ様の何かに乗っているようにも思える。それなら、狭いレールもあるはずだが、ほかの建物もあり、視認できない。これと入れ替わりに、やはり三角だが、赤い灯を点灯して、左右に移動する物もある。ヨットみたいだ。同様に、点滅することもある。このふたつが交差するときもある。トロッコなら、四本のレールが必要だ。作業員が動かしているのか。点灯、点滅もしかし、彼なのか。二人か三人かもしれない。でも、人影はない。工場の陰にいるのか。点灯、点滅、消灯する生垣の手前の三角は、不動だ。消灯すると、ふたつのヨット（?）が現れる。

ここから、約五十メートルぐらい先に、この三つの物がある。夜間も操業している。日曜日は休む。赤い三角で分かったのだが、一個がゴルフボール大だ。千円のメガネをかけているが、球がいくつか数えられない。実際は、ビリヤードの球ほどの大きさか。

メインの工場では、また二本の松明形の短い灯が、走るように移動する。左右だけではなく、前後にも移動する。いつも並行しているが、本当の火ではない。電気で点く何かだが、球ではない。作業員が両手で持っているのか、自動か、これも見えない。

ここには、六月中旬に来たが、〝エア・コン〟がない。とても買えない。テーブルの角にデジタル時計があり、時間のほかに秒まで表示される。その下に、数字で年月日、気温。夏場、最高が連日三十二、三度になる。

母校唯一の恩師、永戸多喜雄先生は今年で満八十九歳だが、筆まめで、封書、ハガキをよこされる。その中に、今年も異常天候のようで、貴君は体調にくれぐれもご注意下さい、とあった。先生は元仏文の教授で、名誉教授で引退され、横浜に住んでいらっしゃる。ぼくの専攻は仏文ではないが、三田の在学中に同人雑誌を創刊。先生に発行人になって頂いた。

卒業後も、先生を中心に少人数のグループができて、現在も親交を結んでいる。ここに〝となりのミヨちゃん〟が参加。女性はいなかったので、正に掃き溜めに鶴の感があった。彼女のニックネームは、ぼくの勝手な造語だが、それでも思い悩んだ。音楽、文学等職能団体があり、ぼくは日本文藝家協会の会員で、毎月会報が来る。何月の会報だったか。今年も〝オレオレ詐欺〟に注意するよう呼びかけている。男性作家、女性作家で、これに騙された各位がおられる。ちょっと信じられないが、そのための忠告だ。作家個人の色々なことも守ってくれる保護団体でもある。いちばんうるさいのは音楽著作権協会だ。中でも、サトウハチローがやかましかったそうだ。施設から施設へ転々として来たが、どこも片田舎だった。きまって、大小の飲み屋がある。〝カラオケ〟のない飲み屋はない。そこで歌われる唄は、音楽著作権協会に届けてなんかいない。有料だが、一曲毎の料金はママさんなら彼女の懐に入る。〝となりのミヨちゃん〟は童謡の曲名だと思ったので、曲名だけでも同会の著作権に抵触するのか。貧乏はぼくの代名詞になった。著作権の使用料もばかになるまい。あとで調べたら、これは二曲の童謡をごたまぜにした曲名だった。この世に存在しない。ほっとした。

彼女の本名は倉井（旧姓）美代子さんで、電話とかどこかで会えば、美代子さんとかあなたと呼ぶ。手紙でも、同じこと。在学中から、彼女に仇名はない。元アラブ学の教授だったし、とても〝ミヨちゃん〟なんていえない。

三田の文学部の一年生には専攻がない。ぼくはD組で、黒田（壽郎）と知り合った。彼と美代子さんは二年生で仏文科に入った。クラスメートだが、卒業して結婚。披露宴の司会進行はぼくが仰せつかった。浅利慶太も招ばれ、立食のパーティで、同期の彼は、オレならもっとうまくやれたのに、といった。ムカ、ときたが、後に美代子さんの『商人たちの共和国』の出版記念パーティに、教え子の女子学生（駒沢女子大学）から電話で、また司会を頼まれた。浅利が来るかもしれないから、イヤだと断った。後年、美代子さんにこのことを話すと、失礼ねエ、厭味だわ、といった。

彼女は黒田夫人だが、〝ダンナ〟と紛らわしいので、美代子さんといっている。黒田は今やアラブ学の泰斗で、〇一年九月十一日のニューヨーク、ワシントン同時多発テロのすぐあと、〝文春〟に乞われて、この事件についての一文を寄せた。彼女はぼくにも、この〝文春〟を送ってよこした。文中、ハマスやヒズボラらの過激派を否定している。アラブ学の大御所ともなれば、彼の発言の影響力は国外にも及ぶ。慎重にならざるを得ない。

2

ところで、ぼくはカレンダーも持っていない。新聞、ＴＶはもう要らない。いつが夏至だか立秋だか。これらはひとつの目安で、人間が勝手に作ったものだから、立秋から涼しくなるということはない。体感気温もあるし、皆、着る物を薄手からやや厚手に替えたりする。ぼくは冬物なんぞ何もない。Ｔシャツもない。前の前にいた西東京市の施設で、寮長に着る物のほか、何もかも捨てられた。

夏から〝秋〟にかけてか、残暑のせいもあり、ブリーフを穿いただけで、ガラス戸一枚あける。ガラス戸は二枚で、一枚しかあけられない。その敷居に立って、スレートの屋根を左へ追っても端が見えない。それほどスケールの大きい工場だ。あけると、とても厭な臭いが流れ込んでくる。反射的に公害を連想する。何かの廃液の垂れ流しか。では一体、この工場はどんな物を製造しているんですかと、わざわざ訊きに行くほど酔狂ではない。

冷房はあるのだろう。窓は閉め切っている。工場は騒音を立てない。シンと静まりかえっている。長大なトラックが何台も黙々と出入りしている。どれも、冷凍車のように荷台が箱形になっていて、何を積んでいるのかわからない。物流トラックと呼んでいる。

箱根ケ崎の民間アパートに住んでいたとき、駅前の広い道路を、この長大なトラックが行き交っていた。その大きさは、普通のトラックが小さく見えるほどで、中に冷凍車で麗々しく物流と書いたのも疾駆していた。

ここのトラックで一台だけ、やはり物流だが、箱形ではなく、荷台がオープンになっているのがある。積んでいるのは、専門用語で何というのか。よく太いケーブルなどを巻く物だ。巻く胴があって、両端に丸い車みたいな物が付いている。地べたでは、人が押して転がせるように出来ている。荷台もスペースがあるから、いくつも積み重ねているが、どれもケーブルなど何も巻いていない。全部木製で、新品。工場でケーブルを巻くのか。

これと、三角のヨット型の灯とどういう関わりがあるのか。皆目見当がつかない。

これらのことは、一日で全部見たのではない。日を重ねるうちに、あれもこれも、と目に留めた。ぼくはこの巨大工場の番人ではない。時間がくれば、消灯してベッドで横になる。入眠の前、動かない三角の灯を見ると、点いている。朝、早めに起きると、点灯している。終夜、消灯しないのかもしれない。

これらは、全自動か。こういう物を何のために作っているのか。三角形の灯など、一度も物流トラックで搬出されたことはない。大体、毎日、点灯、点滅、移動、消灯。普通のトラックを目にしたことはない。これを経営する会社名は、工場にも物流トラックにも書かれていない。看板も立っていない。物流トラックのガレーヂも、むろん広い。金属製のようだが、この外の建物でガレーヂは半分ほど遮られていて、全体の高さ、広さも不明だ。物流トラックのドライバーか。トラックを停めて、降りて、自動式のガレーヂのシャッターのボタンか何かを押す。シャッターが静かに上がる。トラックが音もなく入る。シャッターが下がる。ある夜、入眠時に、騒音、いや轟音に近い音がガラス戸から聞こえた。巨大工場か小さい工場、どこかが操業していると思った。正体を摑んだ気がした。落ち着くことだ。冷静になろう。耳を澄ました。なんのことはない。ぼくの耳鳴りの音だった。右耳の鼓膜に穴が空いている。昼夜を問わず、何千匹ものアブラゼミがわんわん啼く。それが、騒音から轟音に進行している。治らない。

これまで、最も多かった施設の建物は、高圧線の下だった。太い高圧線の下のかなりのエリアの土地は、今でも危険とされている。

こうした施設はNPOの特定だが、宿泊所ビジネスともいわれている。業者たちは、強い電気が流れている高圧線の下の土地を、安く借りるか買うかして、一ヵ月十二万前後の宿泊料、食事代などを生活保護（〝セイホ〟）から徴収する。

3

日本人は大人もマンガを見るおかしな国といわれているようだが、外国にもそういう例がある。米国の新聞には、一コママンガも載る。様々なシリーズがあるらしく、孤島シリーズもある。これは、絶海の孤島で、難破した船員か。長い無精髭によれよれのシャツを着て、小さいメモ用紙に何か書き、からのビール壜に入れ、蓋をして海へ投げる。おそらく、SOSの手紙だろうが、救出の船か〝ヘリ〟か何かが来るまで、どんなにか心細いだろう。

ぼくも似たような心境で、永戸先生に手紙を書いた。フラマンB棟は、Rという老婆が仕切っていて、彼女は携帯電話を持っている。ぼくにかかってきた電話は、一切取り次がない。その携帯も貸してくれない。

永戸先生はぼくの手紙を読んで、まずこのRの携帯に電話されたと思う。ぼくは携帯のナムバーも知らない。先生は何かで、この携帯の電話番号を調べたのだろう。

手紙を出してからいく日かして、J・Nさんという女性の方から封書が届いた。ワープロの文章だが、介護老人保健施設の職員だという。昭和五十八年卒の永戸先生の教え子(仏文)で、ここへ接触しようとしたが、手も足も出ない旨、遠回しに書き、先生にも報告。申し訳ございません、とあった。早速、ハガキで、彼女と先生に礼状を認めた。

とにかく、孤島からビール壜が届いた。それだけでもよかった、とあきらめることにした。

もう、秋口になった頃だった。美代子さんから、また返信付きのハガキ、来。おととし頃からか、原稿のほかに字を書くのが大キライになった。ウツのせいに相違ない。悪質な男性ケースワーカーに指示されるままに、寮から寮への生活が続いた。イヤだといえば、即〝セイホ〟を打ち切り、その時点で、退寮。あとは、ホームレスしかない。ウツ病のせいか、殊に画数の多い字を書きたくなくなった。それがしかし、自分の病名に画数の多い字がある。〝循環器〟など、とても書けない。美代子さんにも何かの返信で、字を書くのが厭になりましたと記した。以来、彼女はハガキなら、いつも住所まで書いてある返信付ハガキをよこすようになった。

まだ、ブリーフを穿いたままの姿で、彼女のハガキを手にした。ここへ、黒田と二人で来るとある。何月何日、午前中、と認めてあった。そんなに先ではない。

これは、永戸先生の計らいではないかと考えた。J・Nさんから始まって、岡田ボク救出作戦は大げさだが、先生から依頼を受けた黒田夫妻が、沼津まで現状を見に来る。ぼくの話を聴きに来る。ほかに、東京から来るほどの用はない。

工場では、灯は何も点いていなかった。ただ、トロッコに似た物が左右に移動。ヨット型の灯もなく、作業員も乗っていない。メインの工場では、昼間だからカーテンをあけ、一点の灯がめら、めらめらと点いている。ガスバーナーではないが、作業員が持って何かしているのか。きょうも昼間なのに、松明の灯は点けていない。暗いといってもいい。不気味になった。

左右に移動して、灯を点灯したり点滅したりするヨット型の物は、ただ動かしているのではないはずだ。工場の経営者は無駄なことはしない。これらも、何かの目的がある。実験でもしているのか。ヨット型の灯の移動に、作業員はいない。別の所にいて、灯を点灯、点滅、移動、消灯するようにしているのか。動かないヨット、メインの工場のいやに巨きな、赤い灯の塊、松明みたいな二本の灯、これらも何か実験し、データを採っているのか。

黒田夫妻が来る日も、なんだか朝から暑かった。起きて、朝食を食べても、ブリーフを穿いているだけだった。美代子さんは午前中といってきたが、そんなに早くないだろう。この近くに、タクシー乗り場がある。近いから、そこまで迎えに行こう。

コンビニ、郵便局、ドラッグストアなどどこも遠い。老婆Rの肩書きは知らないが、歩いて行けば、帰りに必ず迷うという。ぼくのみならず、外出を牽制している感じだ。

4

そろそろ迎えに行こうとしたら、ドアがあいた。黒田夫妻が入ってきた。え、と思ったが、そこら辺にある物を慌てて身に着けた。

「どうして、ここへじかに来たの」

「あたくしのハガキに書いてあるでしょ」

読むと、なるほど、岡田さんの部屋に直接伺います、とある。以後、ぼくはウカツという言葉を自分の枕詞にすることにした。

「黒田。お前とは十年以上会ってないな」

「黒田は糖尿病なの。あたくしは、高血圧」

　仰天した。二人が病気にかかったのを、いままで聞いたことがない。それでも、この年齢になれば、たいがい一病や二病の持ち主になる。夫妻の病状を、あまり尋ねないことにした。ぼくも、自分の致命的な疾患を話すのをやめた。老人グループで、会えば病気の愚痴をこぼしたり、痛さをくどくど語る御仁たちがいるが、いくらいったって治る訳ではない。

「黒田。お前、ベッドに横になってもいいよ」

「大丈夫だ」

　彼は椅子に腰かけた。

「あたくしにベッドを貸して……」

　横になるのかと思ったら、腰かけた。内心、安堵した。ぼくは床に腰をおろした。

「岡田さん、元気そうじゃない。体調はどうなの」

　永戸先生にもちろん報告するだろう。考え考え、答えよう。

「老人性仮面うつ病。から元気」

「お食事は」

「三食出る」

「食堂はあるの」

「いや、ここへ運んで来るけど、お手伝いさんじゃないのね。人件費もケチっている」

Rが事務所の女性社員、二、三人に食事の膳を運ばせている。

黒田は思いなしか、口が重い。糖尿の何かを怺えているのか。彼がぼくに同人誌をやらないかともちかけ、二人で編集委員になった。メムバーは、仏文の学生が圧倒的に多かった。女子学生はいなかった。現今と違い、女子学生それ自体がすくなかった。

「岡田さん。三食付いて、ここで寝泊まりできるんでしょ。あと、何か不満でもあるの」

おかずからして、どれも口が曲がるほどひどく不味くてすくないのだが、永戸先生に気にされたくない。

「ここも、NPOの特定だから、肉はカタ肉と決まっている。どこの施設でも『カタ肉』と称んでいるが、字も何の肉かも不明。文字通り固い。これが、いちばん安いらしい。入れ歯がしっかりしているから、大丈夫」

人事にも、問題がある。したたかなR自身、ぼくの重度のウツの一因だが、ここでは触れなかった。

暑くなってきたので、ガラス戸をあけたが、工場、怪しい灯、物流トラック等、何ひとついわなかった。二人は、そんな話を聞きに来たのではない。

「一ヵ月、寮費が十二万四千円。冬場になったら、電気ストーブに厚手のジャージで、なんとか凌ぐ。人間の体って、けっこう頑健にできている。その代わり、もう一年以上床屋に行っていない」

「岡田さんて、相変わらず白髪でもないし、禿げてもいないのね」

黒田の髪は真っ白だ。

「ぼくの頭の毛が黒いのは、遺伝子を選択できないからで、男としてワリを食っている」

「どんな……」

「カンロクがないし、軽く見られる」

「うふ……」

黒田が笑った。これを、彼が永戸先生に伝えてくれればいい。岡田は昔と同じですよ。暢気な奴です。先生も安心されるだろう。すこし、気が楽になった。海に投げたビール壜のメモの内実はさておき、この壜はたしかに受け取ってくれた。ぼくは二人のどちらにともなく、

「今世紀はビニールと天体望遠鏡の時代だね」

「ビニールって、何」

美代子さんがメガネをかけなおしながら訊いた。小さくて、薄くて、高価なメガネのよ

うだ。黒田のは老眼鏡だけのだろう。

「ん。ビニールは腐らない。いろんな商品をコーティングしているし、燃やせる、燃やせないゴミの分別がむつかしい」

「あたくしは主婦でもあるので、苦労の一端がお分かりになる」

「分かります、分かります。二端も三端も分かります。この部屋の壁もコンクリートに見えるが、ビニール。軽く叩いただけで、中が空洞になっている音がする」

黒田がタバコを出したので、百円ショップの灰皿を彼の前に置いた。ここは、個室でもタバコが喫める。

「宇宙の天体望遠鏡で、ブラックホールやビッグバンが立証された」

「それは、あたくしも知っているわ」

「ラストのミッションが行ったんだろ。お前の専攻は哲学だから、そんなこた常識だ」

「哲学は同人の三浦だよ。ルカーチをやった」

「彼、亡くなったのよ」

「そうか。惜しいことをしたね。ぼくは哲学史。二十世紀にハッブルから始まったとして、光の速度は有限だから、時間も測れる。となりの銀河で爆発した超新星からニュートリノを検出したのは、大発見というか凄いよ」

「それは、知らなかったわ」

「宇宙望遠鏡は何台も飛び交っているけど、地上でももうすぐ口径三十メートルの超巨大光学望遠鏡が出現すると銀河天文学の名誉教授がいっている」

「岡田さん。この辺でお昼ご飯食べようと思って来たのよ。レストランかお寿司屋ないかしら」

「ラーメン屋もない。あるのは〝パチスロ〟。パチンコ屋のスロットマシン。広大なパークがあって、この大岡の中心だね」

「じゃ、沼津駅のほうへ行ってみるか」

「行ったことないんだが、帰りのタクシー代がない」

「それは、あたくしが用意するから」

「いつもすみません。久しぶりの馳走だな。ありがたい。アリガトウナラ、ミミズハハタチ、イモムシャジュークデヨメニユク」

「何、それ。落語」

「とんでもない。すこし年下の文芸評論家の古屋君は荷風論を書いて、三田文学賞を受賞した。彼は中学校で、落語を卒業。高校で歌舞伎を卒業。そのせいじゃないけど、変人。文芸評論家だけでは食べられないので、同じ母校の仏文の教授になった」

「古屋さんなら、知ってるわ」

「それによると、荷風は一度噺家になった。芸名、三遊亭夢之助」

「なんだ、お前。アリだのミミズだのイモムシってのは」

「何いってんの。日本書紀、万葉集、大宝律令、その他古代から江戸まで、子どもの遊戯の伝統があるじゃない。これは童謡で、遊びではないけれど、明治か大正か。『赤とんぼ』の姐やは十五で嫁に行き……十五歳で結婚するんだろうか。それより、奇怪といいたくなる童謡を雨情が作詞している」

「何の曲」

「『雨降りお月さん』」

「どうして」

「だって、ぼくたち子どもの頃は、月でウサギが餅搗いているという言い伝えがあったでしょ」

「そうね」

「ところが、雨情はちがう。雨の降る日は天気が悪いのは当然なのに、彼は雲の上にお月さんがあるという。雨情ならではの発想だね。それに、お嫁にゆくんだって。奇妙なことに、『一人で唐傘さしてゆく』。とすると、雲の上にまた雲があって、雨が降っているとしか考えられない。そのまた上に雲があって、雨が降っているかもしれない。二重、三重の構造だ」

「童謡だから、それでいいじゃねえか」

「そうだけど、古くからのわらべ唄は伝統があって、単なる遊戯じゃない。貴重な文化といってもいい」

「どうして、大月からこっちへ移ったの」

「大月は施設の天国だったけどさ。スモーキンフリーなんだよ」

「タバコ吸い放題か」

「その反対。あなたをニコチン中毒からフリー。解放しますってこと」

「そこにいればよかったのに。それに禁煙のチャンスだったでしょ」

「ケースワーカーの指示。ぼくには趣味がない。ぼくからタバコを取ったら、なんにもなくなる」

「原稿書いてるじゃねえか」

「歳とると、楽しみではなくなる。ほかの作家も、そうじゃないかな。苦しいんだよ。特にぼくは書かないと、食べられない」

「じゃ、行きましょうか」

「そうだ。最新のエセイがある。二人で一冊なので、トク」

「なんのエッセイ」

「えーと、これだ。九月号だから、新しくもないか」

「それ、買ったわよ」

「え、どうして」

「講談社の担当の女性の人に電話で訊いたら、九月号ですって教えてくれたの」

「なんだ」

「親切で、やさしい方ね」

「永戸先生からは、これをＦＡＸで送ってきたというお手紙が来た」

「おいくつぐらいなの」

「そうだなあ……ぼくに女の子がいたら、現在彼女は年頃の娘といった感じ。この人にはほんとにお世話になり、迷惑もかけている。講談社の原稿用紙からボールペン、その他いろんな物を送ってくれる。添え書きが同封してあって、トラブルを起こさずに、おだやかに暮らして下さいとかね」

「ほら、ごらんなさい。あたくしたちだけじゃなく、みんな心配してるのよ」

しまった、先生にもご心配かけているのかと思った。関心をちょっとずらすことにした。

「添え書きにはね、岡田さんはいい先生、お友だちがいて、幸せですねとも書いてある。四谷からタクシーに乗って講談社に行くと、新潮社のど真ん前を通る」

「アハ……」

「西東京市の施設にいたときは、こっちからたまに講談社に出向くこともあったんだよ。久しぶりに行ったら、たまげた」

「なんでなの」

「ずっと以前から、出版界大不況で、出口のないトンネルの中にいるようなものさ。それが、二十何階のビルを建て、正面玄関も新築して、そこにガードマン二人。受付に一人。みんなおっかない顔をしている。テロは地上からも侵入すると考えている。ガードマンの人件費は政府が支払わない。出版社が自腹切っている」

「そうなの」

「今度の対イラク戦の大義名分はなんなの」

「そんなもの、ねえよ。油田だよ」

「やっぱり。なにしろ、イラクの埋蔵量は世界三位。これも、美代子さんに教えてもらったんだが、第一位はサウディアラビアでしょ。これは、サウード家のアラビアね」

「岡田。昼めし、どうするんだ」

「もちろん、ここでは食べない。すっぽかす。一億、じっさいは約一億三千万だが、誰が総中流意識っていったんだ」

「おれ、ハラへった」

「この時間は混んでいるんだ。こんな片田舎でも中流意識とやらで、中年も若いカミさんも、レストランとやらに繰り出す。我々のおふくろさんのように、昼ご飯は朝食の残り物で間に合わせない。沼津駅は初めてだが、どこの駅ビルの食堂街も、中流女で満員だ」

「タクシーすぐ来るの」

「そうだ、ここはタクシーもすくない。ぼちぼちゴチになるか」

思った通り、タクシーはなかなか来なかった。

「タクシーに乗ったら、道路の両側をよく見てご覧なさい。駅まで公衆電話も公衆便所もないはずだ。この国は片田舎になればなるほど、インフラがひどい。水道が五〇パーセントに達しているか」

「達していないわね」

二人は一年の半分は出国している。ほかの先進国のインフラも知っている。アラブ諸国のフィールドワークだが、目下は終の棲家も探している。日本は物騒だと考えている。カナダ、チャイナ、ロシア等行ったが、まだ安全な国、地域は見つからないと聞いている。

タクシーは駅まで着かなかった。何かの交通規制か。モール街というのか、その手前で降りた。

「なるほど、こりゃ、ひでえインフラだ」

「日本は経済的には先進国かもしれないが、あとは途上国でもない。後進国だ」

「なんだ。レストランも寿司屋もねえのか」

彼は浅草生まれの江戸っ子なので、伝法な口をきく。彼女も東京生まれにちがいない。二人して、千葉県の海岸、東浪見《とらみ》という所に家を建てた。彼女はこのトラミのラを、スペイン語のラララのように、舌を転がすみたいに巻き舌でいう。江戸っ子の発音の特徴のひとつだ。この一軒家で、永戸先生を迎え、還暦の宴を催したのを覚えている。

「岡田さん、足もよくなったようね」

それでも、夫妻が先になる。見ると、美代子さんが黒田に縋っている。あんなに元気だった彼女が、高血圧でこうなったのか。暗然とした。これで、また出国するのか。四つ角に出た。ベンチがあった。これはインフラではない。商店街のサービスだ。彼がひと足早く、一角のチャイナ料理店に入った。ラーメン屋ではない。けっこう閑散としている。中流女どもは、もう散ったのか。彼女とぼくはベンチに腰かけた。

「いつ出国するの」

「来月」

「来月……どうかと思うな。一ヵ月ずらせないの」

「駄目。どうしても、来月行かなきゃならないの」

黒田が姿を現して、ぼくたちにオイデ、オイデをした。いっしょに立ったが、ぼくは彼女の介添えをしなかった。ダンナの手前、なんだか遠慮があった。極彩色の看板に大来飯店とあった。いうまでもなく、チャイナは塗る文化。ドアは自動式。おやおやと思った。

店内も、客がまばらだ。三人で円卓を囲んだ。日本人の娘さんがメニューを持ってきた。夫妻はすぐに冷やし中華にした。あれ。そうか。世界各国の物を食べているから、日本食が懐かしいのだろう。冷やし中華がチャイナにあるとは思えない。

「このチャイナの麵はね、鹹水《かんすい》を使っているんだ。それで、黄色っぽくて、独特の風味がある」

「早く決めろよ」

「ゴメン。ぼくはなんだか酢の物が好きになったので、酢豚……酢の物じゃないけど。それに、えーと、春巻」

「ご飯物はいらないの」

「齢で食が細くなったし、胃弱で胃のクスリも噛んでいる」

　娘さんがコックに注文を取り次ぎに引き返した。

「いまはどうなのかな。米国映画では、チャイニーズディッシュは必ずといっていいほど〝チャプスイ〟なる物をあつらえる。日本では見たことも聞いたこともない。一度、食べてみたい」

「そんなものないわよ」

「いやね、誰かが来ると、無性に話したくなる。箱根ケ崎にいるとき、NHKの『クローズアップ現代』を見た。この〝女子アナ〟は老けない。相当の齢だろうが、腕のいいメイクが担当しているね。毎回は見ていないけど。ぼくはもう独身になっていた」

「知っているわ」

　ぼくは私小説系と目されていて、カミさんのことも書いた。そのことを収めた単行本を、二人に贈ったようだ。

「でさ、このときはTVがあった。各地にひとり暮らしの老人や老婆がいて、聞き役に中年の女性ボランティアが来るという話。東京にもいると思ったら、いなくて、いちばん近くて千葉県。がっかりした」

「お前は世間話ができない。お前の哲学史が分かるおばさんなんていねえよ」

冷やし中華が運ばれてきた。

「お先に、どうぞ」

「じゃ、失礼して頂くわ」

「さっきの胃のクスリね。これは、食後だ。食前のクスリってあるのかな。もちろん、胃を保護するために、まず何か食べる。ぼくはお金がなくて、コンビニのおむすびも買えないときが二回あった。クスリだけ嚥んでいいのか、考えた」

「どうしたの」

「クスリのみ嚥んだ。そしたら、ハラをくだした」

美代子さんは学者のせいか、イヤ、汚いとはいわなかった。

「で、二回目は食べず、嚥まず」

酢豚と春巻が来た。まだ、しゃべりたい。沼津にはるばる足を運んでくれたのは、黒田夫妻しかいない。彼は盟友で、彼女はたった一人の女友達だ。

「チャイナでは、豚は残らず平らげる。楊貴妃だけが、まだ豚で食べたい物があるといった」

「なんだい」

「豚の鼻息」

「ホホ……」

「いただきます」

酢豚は今年初めてだった。旨いも不味いもない。春巻は具が多い。

「岡田さん、醬油かけないの」

円卓の真ん中の小さい穴に各種の調味料がある。ガラスの醬油差しを取って、春巻にかけた。

「これよりふたまわりほど小さい春巻、餃子、シュウマイ、寮ではどれも醬油かけてない」

「買ってくればいいじゃない」

「そんなお金ない。こういう物は、厨房で作れない。手抜きで、安物を買ってくる。佃煮類も多い。安く安くあげて、儲けるだけ儲ける」

「仕方ないわね」

「みそ汁はお椀に三分の一。これは、朝ご飯だけ。昼、夕ご飯はお茶。お茶は茶碗に半分。それで、十二万四千円ふんだくる。ご飯は電気釜で炊いていると思う。毎日じゃないけど、水が多すぎてご飯粒とご飯粒がくっついてめためた。どこの施設もぼったくり。大月だけが適正だった」

ウカツ。いい過ぎた。

「このことは、永戸先生ご夫妻には話さないで」

美代子さんが無言で、冷やし中華をすこしよこした。

「かたじけない。冷やし中華も今年、初。そういえば、ここも自動ドアで、電気を使う。なんでも便利にすると、電気の使用量が増える。釈迦に説法だけど、電気は重油などを燃料にして作る。イラクが狙われるわけだ。戦前、戦中、陸・海軍は仲が悪かった。当時、空軍は独立していなかった」

「お前、歴史が好きだな」

「これも、永戸先生のおかげ。自衛隊で最高に金がかかるのは、イージス艦じゃないかな。ギリシャ神話のゼウスとカミさんのあいだに生まれた娘に与えられた楯の名前がイージス。こんな物騒な船になんのための楯なのか」

「なんか、イワク因縁があるんじゃねえか」

「おととしだったかな。これは箱根ケ崎で見たが、NHKTVのニュースで、ケータイが一億台に達したという。一家に一台じゃないよ。家族全員が持っている。子供の電話料金は親が払う。これだって電気で重油。日本は〝原発〟でもう三分の一をカバーしている。高速増殖炉のもんじゅか。事故を起こしたが、まず匿す。どうせバレるのに。また、ケータイだが、主に母親が小学校の男の子や女の子に持たせる。万一のときは、ケータイであたしに連絡しなさいと教える。母親もケータイ持っている。これは、親の気休め。登下校の途中で、暴行、誘拐されたら、ケータイかける時間なんてない。フランスでは、就学前の子供を街中で独りで歩かせたり、遊ばせたりしていると、親が責任放棄で罰せられる」

「日本は親が子供に甘いわね」

「甘いもいいとこ。これもNHKだけど、日本唯一の全国ネットでやっている、ロボットコンテストが好きなんだな。もともとロボットはカレル・チャペックの造語でさ、オモチャなのね。顔があって、手足もある。NHKでは工科系の学生がロボットを造る。対校戦で、バスケットをやるとする。球を多く入れたほうが勝ち。でも、どのロボットもコードを数えきれないくらい垂らして、形も無様。ヒトがアリ一匹創れるか。触角での精巧な動きと帰巣本能まである」

「お前、クリスチャンか」

「いや、後世、人間がキリストを神にした。神道も、戦時中まで天皇を現人神にしちゃった。キリスト教では、四世紀らしいんだが、父と子と聖霊を三位一体にした。これは、強引だよ。ぼくは神を信じないが、宗教は否定できない。戦後、天皇も人間であることを宣言されたが、天皇制のガンは宮内庁。いまだに仁徳帝の陵とされている御陵《みささぎ》を考古学者たちに調査させない。ちなみに、安保のガンは地位協定」

「岡田さんは自分の哲学をもっているのね」

「全くちがう。齢とればとるほど、分からないことが増えてくる。それだけ」

「そりゃ、そうだ」

「黒田の『イスラームの構造』は名著だね。ソビエトの革命は壮大な経済実験だったと思う。それが音を立てて崩壊した。残ったのは、米国中心の資本主義。ほかにも社会主義各国があるけど、彼らの目的は失われた。司馬遼太郎の『この国のかたち』では、神道の前に古神道があったという。教祖も教義もない。例えば、古代の人間が途轍もない大きな巌の前に来る。彼は畏れを抱くと、これを拝む。政一字でまつりごととも読むじゃない。美代子さんなら、マコーレイの本持ってるでしょ」

「持ってないわよ。読んだこともない」

「全五冊。これも捨てられたけど、細密画というのかな。ピラミッドを造るには、第一に天に祈りを捧げる。古代はどこも祭政一致だったのね」

「お前、やっぱり哲学史か」

「ある意味、そうなんだが、資本主義で、勝ち組、負け組が決まった。さらに、世界の通貨は現在でもドル建てだ。二〇〇一年の九・一一は米国で映画化され、日本でも上映されたと思う。九・一一はテロだとしても、啓蒙思想のシムボルだと思う。ポストモダンのレヴィ＝ストロースは構造主義で世界各地の紛争が熄《や》み、人々が救えると考えた。これにはだが限界があった。黒田の本を読むと、イスラームに第三の道がある。IT産業で浮かれている米国に、お前ら、負け組のことを忘れているのかといいたい。ニューヨーク、ワシントンの同時多発テロは、日米その他資本主義国の反省を促す啓蒙だ。ぼくもあらゆるテロに絶対反対だ。そこに、イスラームの第三の道がある。アインシュタインからノーベル賞の湯川博士に至る世界連邦は夙に知られている。反対はしないが、ぼくは与しない。キリスト教、ユダヤ教。で、イスラーム教は啓示宗教の最終版だと、あなたが教えてくれた。日本は資源国じゃない。それが、太平洋戦争の一因になった。この国はアラブ各国とも仲好くしたほうがいいと思う」

また、ウカツ。気がついた。客はぼくたちきりいない。

「あのね、ここは片田舎なので、午後のある時間から夕方まで、いったん閉店する。どこの片田舎もそうしている」

「分かったよ。お前、しゃべりすぎだぞ」

「すまない」

彼が会計伝票を手にして、立ち上がった。美代子さんとぼくは、先に外へ出た。

「じゃ、これ」

彼女が五千円札をよこした。

「ありがとう……」

「岡田さん。ずいぶん勉強してるじゃない」

「じじいでも、生涯一書生」

黒田がぼくたちに近づいて来た。

「すこし、太めになったね」

「それのほうが、糖尿病にはいいんですって」

「帰国したら、また来るからな」

何気なくいったのだろう。ぼくはだが、このたったひと言だけで、急に熱いものがこみ上げてきた。沼津駅は見ないことにした。

「ここで別れる。人のことはいえないけど、二人とも体調に気をつけて。一路平安《イーローピンアン》」

タクシーに揺られながら、部屋に戻れば寂寥感と喪失感が待っていると思った。タクシー代を払ったら、千円札三枚とコインが残った。

自分の個室に入って、椅子に腰かけた。ぼくは老眼、近眼、乱視。それに、ドライアイと白内障で、こんなムチャクチャな目でも、遠くを見るといいとされている。前々から、工場の遠方に目をやっている。遥か彼方に、三本の白い塔のような物が立っている。夕方から、この三本の天辺に丸い二重の輪にきらびやかな電飾が灯される。回転する。キレイだ。遊園地か。ここは沼津の外れらしく、観覧車がない遊園地だってある。立地条件が悪いから、二棟の施設を建てた。

巨大工場では、いつものように、様々な灯が点いたり、消えたり、動いたり、動かなかったり。

突然、ツツジの如き物が一斉に真っ赤に輝いた。無数といってもいいほどの球の固まりが燦然ときらめいている。不動。その大きな灯の怪しい美しさに、ぼくは魅入られたように、呆然と立ち尽くしていた。

数日後、美代子さんから、〝クロネコ〟が届いた。けっこう嵩張っているが、そんなに重くない。包装紙を剝がすと、あまり大きくない段ボール箱。蓋を開けたら、ぼくの好みのとらやの一口大の羊羹にむろまちの朝粥五折。その下に、プルトップの小さな缶詰が十数個入っていて、これは保存できる。まるで、姉さん女房のような気配りだ。

彼女の封書もあった。明日、出国しますと記されている。しまいは、再見、で結ばれていた。

居続ける「私」の力

解説

富岡幸一郎

岡田睦という小説家の名前を知っている読者は、今日では少ないのではないか。

昭和七年生まれで、昭和三十一年に慶應義塾大学仏文科を卒業後、雑誌『三田文学』などに小説を書き、「夏休みの配当」(『文學界』昭和三十五年五月号)で芥川賞候補になった。その後、『薔薇の椅子』『ワニの泪』『賑やかな部屋』『乳房』などの作品集を刊行するが、ほとんど注目されず、文学賞を受賞することもなく、三回結婚するも最後の妻と別れた後、生活保護を受ける状態に立ち至った。文芸文庫となった本書は平成十八年(二〇〇六年)に刊行された単行本『明日なき身』に、「灯」(『群像』二〇一〇年三月号)を加えたものである。いずれの作品も生活保護を受けながら汲々として生きる自らの姿を執拗に描き出している。その作風は、いわゆる私小説の系譜にあるといってよいが、そもそも私小説とは何なのか。

少しばかり復習してみたいが、「私小説」という言い方が現れるのは大正時代である。作家が自らの生活や心情を直截にさらけ出した小説が、そう呼ばれるようになった。西洋の十九世紀末の自然主義文学が日本に輸入され、近代日本でも自然主義文学が誕生したが、市民社会が十分に成熟したヨーロッパとは異なる日本の風土のなかでは、社会性や思想性を欠落させた、作家の体験や私生活をただありのままに表現する告白小説あるいは心境小説とならざるを得なかった。

戦後は、中村光夫などの評論家によって、私小説は近代小説として「狭い特異な歪み」を持っていると鋭く批判された。人間や社会の全体を映し出し、問いかけるのが文学の思想性であると主張した戦後文学の時代にあって、私小説は時代遅れの骨董品のような扱いを受けたのである。

しかし、私小説の息の根は決して止まることはなかった。文学史は批評家の理論によって作られるが、実際の文学作品は常にその枠組みを超えて、多面的な小説の相貌を現す。近代日本文学史のなかで「歪み」といわれた私小説は、一九八〇年代以降に新たなスタイルでよみがえりはじめた。具体的に名前を挙げれば、車谷長吉、佐伯一麦、柳美里、西村賢太といった作家たちが「私小説」風な作品を書き、読者の注目を集めることになった。

二〇一一年に雑誌『国文学　解釈と鑑賞』で「私小説のポストモダン」という特集を組んだ。評者は、そのとき監修者として、正宗白鳥、田山花袋、嘉村礒多、志賀直哉などの古典的私小説作家から現代文学で活躍する平成の私小説家たちまでを取り上げてみたが、うかつにも岡田睦の名前は思い浮かばなかった。今回、本書を通読し驚きをもって、後悔したものである。

岡田睦こそは最も恐るべき現代の「私」小説家であり、その作品の小宇宙に渦巻く言葉の密度の高さは、小説という表現の力をまざまざと見せつけてくれるのではないか。

巻頭の「ムスカリ」は、「セイホ」つまり「生活保護」下にある自分の日常を、木造アパートの狭い部屋を飛び回る一匹の蠅との格闘のなかに描き出し、生活保護費の支給日に入った金で、ムスカリという名の鉢植えの花を買う話である。食べるものや部屋代その他に賄わなければならない金で、普段は何の興味もわかない草花に突然の欲望を覚える。部屋に戻り、置き場所もない狭さのなか、ムスカリは奇妙なもうひとつ別の現実をそこにもたらす。鉢についていた説明書には、「オランダ」産と書かれている。

ああ、オランダか。どこの国でもいい。オランダとわかっても、感心したりしない。鉢の土から、カブのような白い球根が四株、どれも半分ほどむく、と出ている。再び梱包の端に置き、仕事机を兼ねている電気炬燵をはさんで一枚しかない座蒲団にあぐらをかいて、見上げるような恰好でムスカリをつくづくと眺めた。近眼のせいもあるのか、どれが葉だか茎だかわからず、両方ともニラのように見えた。よく見ようと身を乗り出したら、あいつが来た。が、ムスカリのほうへ行かない。うしろへまわって、手の届かない肩や背のあたりを飛んでいるようだ。ムスカリに寄りつかないのは、ハエの好みではないということではなく、何かムスカリ自体とそれを買った男を護ってくれる大いなるものがある気がした。

主人公は前立腺肥大にかかり、さらに癌の疑いで検査の日を待つ不安のなかにあったが、ムスカリの花がひとつ咲き、ふたつみっつと咲くなかで、不思議な安寧の気分に浸される。

「ぼくの日常」と題された断章を連ねた作品は、主人公の生活の文字通り危機的な場面を描いているが、ここでも追い詰められた困窮さのなかに、むしろ生き生きとした生活への倒錯的ともいえる熱情が浮かび上がる。「ぼく」は眠り薬を服用し、胃薬を飲み、なけなしの金で飢えを満たし、妻が去り一度自殺を図ったために「精神保健福祉法三二条」の適用を受け、二週間に一度訪ねてくるケースワーカーと応対する。家族の記憶や大学時代の回想も混じりながら、自身の生が次第に隘路に突き進み、その果てに「現在」の身動きができない状況が出来する。作者の筆致は、その危機をいかなる観念や抽象的なものへも逃避させずに、驚くほど微細に目の前の具体物のなかに描き出す。

その具体性は、体の変調としての便秘や下痢、薬物依存や飢餓や不眠、あるいは便所の下水溝が詰まりそれを直すために悪戦苦闘する感触の生々しさなどに噴出する。

カーキ色の臭い液体がまわりに溢れている。自分でなんとかするほかない。着たなりのまま、把手の付いた蓋を取り除け、スウェーターの右手を腕まくりして、黄色い物を掴み上げた。糞小便とトイレットペーパーが溶け合って、掴みにくくなっている。右手で掬うように掻き出すのだが、躰までが凍て付くような冷めたさだった。ここは石塀と家屋のあいだにある細長い所で、掻き出した異物をあたりかまわず放るように捨てた。それが、いくらやっても黄色くてひどく臭い物はあとからあとから現れる。この糞尿物の始末、別のやり方はないかと思案した。

具体物を描くといっても、いわゆるリアリズムではない。物や人間をありのままに描くことの不可能性、つまりこの世界のなかに秩序付けられた「現実」なるものは、すでにぐずぐずに崩れている。それを、小説家は徹底した凝視によって捉える。志賀直哉や尾崎一雄のようなリアリズムは、もはやいかなる意味でも成立しない。岡田睦の感覚はそこで、私小説家としての自らの生活の危機を描こうとしているのではなく、事物と言葉とが乖離することの表象の〈危機〉を本能的に受け止めているのだ。

一九八八年に刊行された作品集『乳房』の表題作は、精神安定剤を常用する作家と乳癌の手術を受ける妻との日々を乾いた文体で描いた佳篇であった。そこでは、夫と妻との関係が私小説の枠組みのなかに収められている。しかし、二十一世紀に入ってから書かれた本書の作品群のなかでは、そのような「私」と他者あるいは事物との水平的な関係はもはや壊れてしまっている。それは、作家自身が己の生活そのものを追い込んでいたからだけでなく、現代の世界そのものが、情報の氾濫のなかで、否応なく人や物との直接的な連携の喪失現象をもたらしているからではないか。

「明日なき身」で描かれる、劣悪化した安アパートの閉鎖された部屋のなかで、主人公は身体と物との狭間で芋虫のように蠢き続ける他はない。言葉を書き付けようとする作家は、そのバラバラになった時空に浮遊する。

いく種類かの頭痛薬（必需品）、サロンパス（足の裏に貼る）、例のふりかけ等々、どうしても、という物を残した。いつも自信がない。どうかな、とあやふやな気持で、LIFEを置き、開いた。卓上、きっちりの広さをきわどく獲得した。この仕事、いつ終るかわからないが、置炬燵点けるまでに、しまいの句点を打ちたかった。そうしないと、炬燵の中にも充満している森羅万象を処理する羽目になる。それでもいい。この数年間で、急いで仕事に目鼻をつけないようになった。炬燵を点ける季節になったら、中の物を四方八方へ蹴散らかしてやる。

「火」は衝撃的な作品である。暖房のない部屋のなかで睡眠薬や精神安定剤を飲み続け年を越した主人公が、風邪と不眠に苛まれ、鼻をかんだティッシュを空の段ボール箱に入れてライターで火をつけ燃やし、暖をとろうとして、たちまち火炎に包まれる。部屋にある唯一の食器であるどんぶりに水を入れ、火に投げかけたりするが、壁のあちこちから火炎が湧き起こる。

この作品も住処の焼失という、文字通り危機的な出来事を描いているが、その描き方は異様なほど脱力的であり、作家の眼差しは災厄の現実を架空の出来事であるかのように透視する。アパートの全焼の予感のなか「身の毛がよだつような思い」で「見確かめよう」としながら、場面は変転し、誘導された避難所の空間のなかに虚しく放置される。危機は外側から襲ってくるものではなく、すでに作家の「私」の内部にとぐろを巻いてうずくまっている。

本書にはじめて収録される巻末の「灯」も恐るべき作品だ。ＮＰＯの施設に入った主人公が、その個室の窓から見える大小の工場の景色に異常な執着を感じるところを描いているが、ほとんど外界とのつながりを喪った「ぼく」の眼差しは、工場の点滅する明かりや昼夜を問わず出入りするトラックなどを執拗に追い続ける。耳はその騒音を幻聴のように聞く。しかし、この工場を経営する会社名は、無造作な建物にもトラックにも全く記されていない。

物流トラックのドライバーか。トラックを停めて、降りて、自動式のガレージのシャッターのボタンか何かを押す。シャッターが静かに上がる。トラックが音もなく入る。シャッターが下がる。ある夜、入眠時に、騒音、いや轟音に近い音がガラス戸から聞こえた。巨大工場か小さい工場、どこかが操業していると思った。正体を摑んだ気がした。落ち着くことだ。冷静になろう。耳を澄ました。なんのことはない。ぼくの耳鳴りの音だった。右耳の鼓膜に穴が空いている。昼夜を問わず、何千匹ものアブラゼミがわんわん啼く。それが、騒音から轟音に進行している。治らない。

不思議なこの無名の工場は、あらゆる価値が相対化された世界の陰画のように浮かび上がる。作家はもはや自己の外と内の境界すらも消し去り、いたるところに散乱する現実世界の断片を、拾い集めながら描こうとしている。

作品の後半では、学生時代からの付き合いのある黒田夫妻が遠方から施設を訪れる場面が描かれているが、この現世からの来訪者にたいして、「ぼく」は深い親しみと信頼を感じつつ、とりとめのない語りをくり返す他はない。作品前半の工場への執拗な凝視と、後半の会話体の饒舌は、無限の相対性から抜け出すことができなくなった人間の、その危機と不安の涯しなさを余すところなく表している。このような混沌（カオス）と化した宇宙のただなかに、「私」が落下し、同化していく様をかくもスリリングに描き出した「私」小説がかつてあっただろうか。

ポストモダンの私小説家として精緻な作品を書き続ける佐伯一麦は、私小説について次のように定義する。書き手の「私」と対象物や出来事との関係は、アインシュタインの相対性理論のように、観察者自身も動いている場合は物体の運動は相対的にしか観測できない関係にあると。

《それに倣えば、ほんらい私小説の「私」も、生きている限りにおいては静止した視点を持つことは出来ず、そこからとらえられた他者や出来事という〝運動〟は、あくまでも書かれたそのときその都度の「私」の状態によって相対的につかまえられたものに他ならない。そして、「私」の死をもって、はじめて固定化される。絶対的な「私」や絶対的な真実や事実というものを盲信して書かれた私小説は、わかりやすいが古典物理学による把握に留まっているように、私には思われるのである。》(「私小説と私小説家の間」『国文学解釈と鑑賞』二〇一一年六月号)

私小説は作家自身の「私」の死をもってまさに完成する。

しかし、岡田睦は二〇一〇年に発表した「灯」以後、消息不明となったという。「私」の行く先は知れない。したがって、この私小説家の「私」は今なお、収縮と膨張をくり返す生き物のような作品群の言葉の相対性のただなかに居続けている。

読者は、この存在し続ける「私」に呆然とさせられ、圧倒されるだろう。

岡田睦（おかだ・ぼく）略年譜・著書一覧

一九三二年一月一八日、東京生まれ。

慶應義塾大学文学部仏文科卒。同人誌「作品・批評」を創刊。

一九六〇年「夏休みの配当」で芥川賞候補。私小説を書き続けるも、三度目の妻との離婚以降、生活保護を受けながら居所を転々とし、二〇一〇年三月号「群像」に短編小説「灯」を発表、以降消息不明。

著書一覧

『薔薇の椅子』（雲井書店・一九七〇年刊）
『ワニの泪』（河出書房新社・一九七六年刊）
『賑やかな部屋』（冬樹社・一九七九年刊）
『乳房』（福武書店・一九八八年刊）
『明日なき身』（講談社・二〇〇六年刊）

本書は、『明日なき身』（平成一八年一二月一五日　講談社刊）及び「灯」（「群像」平成二二年三月号）を底本としております。本文中、明らかな誤記、誤植と思われる箇所は正しましたが、原則として底本に従いました。
また、底本にある表現で不適切と思われる言葉がありますが、作品的価値などを考慮し、底本のままとしました。よろしくご理解のほどお願いいたします。

本書は、平成二九年二月一日に著作権法第六七条の二第一項の規定に基づく申請を行い、同項の適用を受けて刊行されたものです。

明日《あす》なき身《み》

岡田《おかだ》睦《ぼく》

二〇一七年三月一三日第一刷発行
二〇一七年四月一八日第二刷発行

発行者――鈴木 哲
発行所――株式会社 講談社
東京都文京区音羽2・12・21 〒112-8001
電話 編集 (03) 5395・3513
販売 (03) 5395・5817
業務 (03) 5395・3615

デザイン――菊地信義
印刷――豊国印刷株式会社
製本――株式会社国宝社
本文データ制作――講談社デジタル製作

定価はカバーに表示してあります。

講談社
文芸文庫

ISBN978-4-06-290339-4

講談社文芸文庫

青木 淳選	建築文学傑作選	青木 淳——解
青柳瑞穂	ささやかな日本発掘	高山鉄男——人／青柳いづみこ－年
青山光二	青春の賭け 小説織田作之助	高橋英夫——解／久米 勲——年
青山二郎	眼の哲学｜利休伝ノート	森 孝——人／森 孝——年
阿川弘之	舷燈	岡田 睦——解／進藤純孝——案
阿川弘之	鮎の宿	岡田 睦——年
阿川弘之	桃の宿	半藤一利——解／岡田 睦——年
阿川弘之	論語知らずの論語読み	高島俊男——解／岡田 睦——年
阿川弘之	森の宿	岡田 睦——年
阿川弘之	亡き母や	小山鉄郎——解／岡田 睦——年
秋山 駿	内部の人間の犯罪 秋山駿評論集	井口時男——解／著者——年
芥川比呂志	ハムレット役者 芥川比呂志エッセイ選 丸谷才一編	芥川瑠璃子－年
芥川龍之介	上海游記｜江南游記	伊藤桂一——解／藤本寿彦——年
阿部 昭	未成年｜桃 阿部昭短篇選	坂上 弘——解／阿部玉枝他－年
安部公房	砂漠の思想	沼野充義——人／谷 真介——年
安部公房	終りし道の標べに	リービ英雄－解／谷 真介——案
阿部知二	冬の宿	黒井千次——解／森本 穫——年
安部ヨリミ	スフィンクスは笑う	三浦雅士——解
鮎川信夫 吉本隆明	対談 文学の戦後	高橋源一郎－解
有吉佐和子	地唄｜三婆 有吉佐和子作品集	宮内淳子——解／宮内淳子——年
有吉佐和子	有田川	半田美永——解／宮内淳子——年
安藤礼二	光の曼陀羅 日本文学論	大江健三郎賞選評－解／著者——年
李良枝	由熙｜ナビ・タリョン	渡部直己——解／編集部——年
李良枝	刻	リービ英雄－解／編集部——年
伊井直行	さして重要でない一日	柴田元幸——解／著者——年
生島遼一	春夏秋冬	山田 稔——解／柿谷浩一——年
石川 淳	紫苑物語	立石 伯——解／鈴木貞美——案
石川 淳	安吾のいる風景｜敗荷落日	立石 伯——人／立石 伯——年
石川 淳	黄金伝説｜雪のイヴ	立石 伯——解／日高昭二——案
石川 淳	普賢｜佳人	立石 伯——解／石和 鷹——案
石川 淳	焼跡のイエス｜善財	立石 伯——解／立石 伯——年
石川 淳	文林通言	池内 紀——解／立石 伯——年
石川 淳	鷹	菅野昭正——解／立石 伯——解

▶解=解説 案=作家案内 人=人と作品 年=年譜を示す。 2017年4月現在

講談社文芸文庫

講談社文芸文庫

講談社文芸文庫

金井美恵子	砂の粒|孤独な場所で 金井美恵子自選短篇集	磯﨑憲一郎—解／前田晃——年
金井美恵子	恋人たち|降誕祭の夜 金井美恵子自選短篇集	中原昌也——解／前田晃——年
金井美恵子	エオンタ|自然の子供 金井美恵子自選短篇集	野田康文——解／前田晃——年
金子光晴	絶望の精神史	伊藤信吉——人／中島可一郎—年
嘉村礒多	業苦|崖の下	秋山 駿——解／太田静一——年
柄谷行人	意味という病	絓 秀実——解／曾根博義——案
柄谷行人	畏怖する人間	井口時男——解／三浦雅士——案
柄谷行人編	近代日本の批評 Ⅰ 昭和篇上	
柄谷行人編	近代日本の批評 Ⅱ 昭和篇下	
柄谷行人編	近代日本の批評 Ⅲ 明治・大正篇	
柄谷行人	坂口安吾と中上健次	井口時男——解／関井光男——年
柄谷行人	日本近代文学の起源 原本	関井光男——年
柄谷行人 中上健次	柄谷行人中上健次全対話	高澤秀次——解
柄谷行人	反文学論	池田雄一——解／関井光男——年
柄谷行人 蓮實重彥	柄谷行人蓮實重彥全対話	
柄谷行人	柄谷行人インタヴューズ1977-2001	
柄谷行人	柄谷行人インタヴューズ2002-2013	丸川哲史——解／関井光男——年
河井寛次郎	火の誓い	河井須也子—人／鷺 珠江——年
河井寛次郎	蝶が飛ぶ 葉っぱが飛ぶ	河井須也子—解／鷺 珠江——年
河上徹太郎	吉田松陰 武と儒による人間像	松本健一——解／大平和登他—年
川喜田半泥子	随筆 泥仏堂日録	森 孝一——解／森 孝一——年
川崎長太郎	抹香町|路傍	秋山 駿——解／保昌正夫——年
川崎長太郎	鳳仙花	川村二郎——解／保昌正夫——年
川崎長太郎	もぐら随筆	平出 隆——解／保昌正夫——年
川崎長太郎	老残|死に近く 川崎長太郎老境小説集	いしいしんじ—解／齋藤秀昭——年
川崎長太郎	泡|裸木 川崎長太郎花街小説集	齋藤秀昭——解／齋藤秀昭——年
川崎長太郎	ひかげの宿|山桜 川崎長太郎「抹香町」小説集	齋藤秀昭——解／齋藤秀昭——年
河竹登志夫	黙阿弥	松井今朝子—解／著者——年
川端康成	一草一花	勝又 浩——人／川端香男里—年
川端康成	水晶幻想|禽獣	高橋英夫——解／羽鳥徹哉——案
川端康成	反橋|しぐれ|たまゆら	竹西寛子——解／原 善——案
川端康成	浅草紅団|浅草祭	増田みず子—解／栗坪良樹——案

講談社文芸文庫

講談社文芸文庫

講談社文芸文庫

講談社文芸文庫

坂口安吾――教祖の文学｜不良少年とキリスト 坂口安吾エッセイ選　川村 湊――解／若月忠信――年
阪田寛夫――うるわしきあさも 阪田寛夫短篇集　高橋英夫――解／伊藤英治――年
佐々木邦――凡人伝　岡崎武志――解
佐々木邦――苦心の学友 少年倶楽部名作選　松井和男――解
佐多稲子――樹影　小田切秀雄－解／林 淑 美――案
佐多稲子――月の宴　佐々木基一－人／佐多稲子研究会－年
佐多稲子――夏の栞 ―中野重治をおくる―　山城むつみ－解／佐多稲子研究会－年
佐多稲子――私の東京地図　川本三郎――解／佐多稲子研究会－年
佐多稲子――私の長崎地図　長谷川 啓――解／佐多稲子研究会－年
佐藤紅緑――ああ玉杯に花うけて 少年倶楽部名作選　紀田順一郎－解
佐藤春夫――わんぱく時代　佐藤洋二郎－解／牛山百合子－年
里見弴――恋ごころ 里見弴短篇集　丸谷才一――解／武藤康史――年
里見弴――朝夕 感想・随筆集　伊藤玄二郎－解／武藤康史――年
里見弴――荊棘の冠　伊藤玄二郎－解／武藤康史――年
澤田謙――プリューターク英雄伝　中村伸二――年
椎名麟三――自由の彼方で　宮内 豊――解／斎藤末弘――案
椎名麟三――神の道化師｜媒妁人 椎名麟三短篇集　井口時男――解／斎藤末弘――年
椎名麟三――深夜の酒宴｜美しい女　井口時男――解／斎藤末弘――年
島尾敏雄――その夏の今は｜夢の中での日常　吉本隆明――解／紅野敏郎――案
島尾敏雄――はまべのうた｜ロング・ロング・アゴウ　川村 湊――解／柘植光彦――案
島尾敏雄――夢屑　富岡幸一郎－解／柿谷浩一――年
島田雅彦――ミイラになるまで 島田雅彦初期短篇集　青山七恵――解／佐藤康智――年
志村ふくみ－一色一生　高橋 巖――人／著者――年
庄野英二――ロッテルダムの灯　著者――年
庄野潤三――夕べの雲　阪田寛夫――解／助川徳是――案
庄野潤三――絵合せ　饗庭孝男――解／鷺 只雄――案
庄野潤三――インド綿の服　齋藤礎英――解／助川徳是――年
庄野潤三――ピアノの音　齋藤礎英――解／助川徳是――年
庄野潤三――野菜讃歌　佐伯一麦――解／助川徳是――年
庄野潤三――野鴨　小池昌代――解／助川徳是――年
庄野潤三――陽気なクラウン・オフィス・ロウ　井内雄四郎－解／助川徳是――年
庄野潤三――ザボンの花　富岡幸一郎－解／助川徳是――年
庄野潤三――鳥の水浴び　田村 文――解／助川徳是――年
庄野潤三――星に願いを　富岡幸一郎－解／助川徳是――年

講談社文芸文庫

笙野頼子—幽界森娘異聞	金井美恵子—解／山﨑眞紀子—年
笙野頼子—猫道 単身転々小説集	平田俊子—解／山﨑眞紀子—年
白洲正子—かくれ里	青柳恵介—人／森 孝——年
白洲正子—明恵上人	河合隼雄—人／森 孝——年
白洲正子—十一面観音巡礼	小川光三—人／森 孝——年
白洲正子—お能|老木の花	渡辺 保—人／森 孝——年
白洲正子—近江山河抄	前 登志夫—人／森 孝——年
白洲正子—古典の細道	勝又 浩—人／森 孝——年
白洲正子—能の物語	松本 徹—人／森 孝——年
白洲正子—心に残る人々	中沢けい—人／森 孝——年
白洲正子—世阿弥 —花と幽玄の世界	水原紫苑—人／森 孝——年
白洲正子—謡曲平家物語	水原紫苑—解／森 孝——年
白洲正子—西国巡礼	多田富雄—解／森 孝——年
白洲正子—私の古寺巡礼	高橋睦郎—解／森 孝——年
白洲正子—[ワイド版]古典の細道	勝又 浩—人／森 孝——年
杉浦明平—夜逃げ町長	小嵐九八郎—解／若杉美智子—年
鈴木大拙訳—天界と地獄 スエデンボルグ著	安藤礼二—解／編集部——年
鈴木大拙—スエデンボルグ	安藤礼二—解／編集部——年
青鞜社編—青鞜小説集	森 まゆみ—解
曽野綾子—雪あかり 曽野綾子初期作品集	武藤康史—解／武藤康史—年
高井有一—時の潮	松田哲夫—解／武藤康史—年
高橋源一郎—さようなら、ギャングたち	加藤典洋—解／栗坪良樹—年
高橋源一郎—ジョン・レノン対火星人	内田 樹—解／栗坪良樹—年
高橋源一郎—虹の彼方に《オーヴァー・ザ・レインボウ》	矢作俊彦—解／栗坪良樹—年
高橋源一郎—ゴーストバスターズ 冒険小説	奥泉 光—解／若杉美智子—年
高橋たか子—誘惑者	山内由紀人—解／著者——年
高橋たか子—人形愛|秘儀|甦りの家	富岡幸一郎—解／著者——年
高橋英夫—新編 疾走するモーツァルト	清水 徹—解／著者——年
高見順—如何なる星の下に	坪内祐三—解／宮内淳子—年
高見順—死の淵より	井坂洋子—解／宮内淳子—年
高見順—わが胸の底のここには	荒川洋治—解／宮内淳子—年
高見沢潤子—兄 小林秀雄との対話 人生について	
武田泰淳—蝮のすえ|「愛」のかたち	川西政明—解／立石 伯——案
武田泰淳—司馬遷—史記の世界	宮内 豊—解／古林 尚——年

「あ……、何を……」

　そんな中、ギルロード様の顔が私の胸に埋まる。

「……ひっ、あ……」

　胸を、舐めている？

　指ではない、もっと濡れたものが、私の胸の先に触れている。

「あぁ……」

　その瞬間、雷に打たれたような衝撃が身体の中を駆け抜けた。